J'AIMAIS MIEUX
QUAND C'ÉTAIT TOI

VÉRONIQUE OLMI

J'AIMAIS MIEUX QUAND C'ÉTAIT TOI

roman

ALBIN MICHEL

J'aimais mieux quand c'était toi, lu par Véronique Olmi, est disponible en version intégrale aux Éditions Audiolib.

audiolib
écoutez, c'est un livre !

web

À ma sœur Isabelle

Es-tu sûre que si son mari ou son amant revenait lui dire de souffrir encore, elle répondrait non ?

Musset, *On ne badine pas avec l'amour.*

Je ne sais pas depuis combien de temps je suis assise sur ce banc. Plus aucun train ne part, et plus aucun train n'arrive depuis longtemps déjà. C'est une gare immobile. Un silence glacé jusqu'à l'intérieur de mes os. Il y a une ville derrière moi, immense et fermée. Devant moi, ces trains vides comme des baleines à terre. Et vous, qui m'écoutez peut-être. C'est un monde qui n'a plus rien à dire. Et dans lequel je me suis perdue. Dans quelques heures le trafic recommencera. Ce sera le jour. Je ne sais pas ce que je vais en faire. Je ne sais pas ce que je peux faire de moi, maintenant. Il y a vingt-quatre heures tout était habituel et familier. Je croyais décider et maîtriser. Je croyais vivre.

Hier matin je me suis réveillée tard, comme d'habitude. Il était plus de 10 heures et je suis restée longtemps au lit avant d'oser en sortir. La nuit j'avais fait un cauchemar dans lequel toutes les lignes étaient horizontales. Un monde sans verticalité. Des routes sans fin. Sans déviation possible. Je ne pouvais ni descendre ni monter. Tout était statique. Je me sentais mourir. Mais je ne mourais pas. Car dans cet univers horizontal il n'y avait ni monde d'en haut, ni monde d'en bas.

Le cauchemar demeurait en moi, précis et irritant, il me retenait vaguement, et puis je me suis souvenue que nous étions mardi. Cela m'a effrayée et rassurée aussi. Ce soir je joue. C'est ce que j'ai pensé dans une petite douleur instantanée. Et cette douleur était un soulagement : je ne m'étais pas trompée la veille en restant chez moi. Je n'avais rien manqué ; cette bizarrerie du jour sans théâtre était passée. Je suis comédienne. Comédienne de théâtre. Ma semaine, je voudrais dire ma vie, commence le mardi. Le lundi est une journée flottante. Je la remplis d'un maximum d'obligations et de présence auprès des uns et des autres. Mère. Fille. Amie. Amante. Voisine. Je remplis tous les rôles. Mais le lundi est une infidélité douloureuse, et je ne cesse jamais, dans ces instants dévolus à l'ordinaire, de penser à la prochaine représentation, la seule chose vers laquelle je tende. Je vis le jour de relâche avec la peur constante qu'il me détourne du rôle. La peur constante. Vous pouvez comprendre.

Il me semble avoir en permanence un deuxième monde posé sur l'épaule. Ou oscillant au-dessus de ma tête. Ce n'est pas une menace. C'est une présence réelle, que je ne prie qu'au théâtre. En dehors du théâtre, je me dois de vivre dans une seule et commune dimension. C'est une trahison perpétuelle. Une impasse.

Hier matin le cauchemar sans verticalité m'a laissé quelque chose d'amer, avec ses images si puissantes et si nettes que je n'arrivais pas à chasser. Je ne comprenais pas sa signification. Puis j'ai tenté de ne plus y penser. Je voulais l'oublier. Un rêve cinématographique et rien de plus. Un rêve esthétique peut-être. J'avais tort de penser cela.

J'ai allumé la radio pour que mon attention soit portée ailleurs, mais ça n'a pas marché. Je ne comprenais pas ce qu'on disait, m'échappaient certains mots, des expressions en anglais, liées au monde d'internet et de la finance. C'était apparemment un langage universel et j'ai trouvé dommage de n'en rien saisir. Mais le ton du journaliste et de ses invités – des spécialistes – révélait une angoisse et prédisait le pire. J'ai pensé que mes enfants grandissaient dans un monde plein de catastrophes, bourré d'experts, et je me suis demandé si la vie leur paraissait vaste, ou minuscule et piégée. Mes enfants, Tom et Louis, étaient partis tôt pour le lycée. Je ne me souviens jamais de leurs horaires ni de leurs cours. Sur le frigidaire la feuille qui annonce leur emploi du temps n'est pas fiable, il y a des groupes de travail, des alternances, des matchs retour, tout cela varie d'un jour à l'autre et je n'en retiens rien.

J'ai eu du mal à me lever, je n'avais pas baissé le store entièrement, et au ras du balcon il y avait cette lumière un peu pâle de février, sans réelle consistance.

Il devait y avoir un peu de vent : j'entendais la circulation sur le périphérique pourtant lointain. C'était comme une rivière, une course incessante qui se faufile et s'entête. C'est ce que je m'imagine la plupart du temps, pour aimer ce bruit. Une rivière dans la ville.

Je suis soulagée d'avoir échappé au rythme commun des embouteillages et des métros bondés, un peu méfiante aussi, comme si on m'avait oubliée et que cet oubli était un privilège dont je ne devrais pas me vanter. Je vis et je joue le soir. C'est une bonne excuse pour ne pas me lever tôt. Car il faut une excuse. Ce qui est une violation terrible de l'intimité. Chacun devrait avoir droit à ses décalages sans justification. Il serait bon que le matin soit une zone neutre et qu'on ne le partage qu'avec celui ou celle qui dort à nos côtés. Le matin devrait appartenir à la nuit. La nuit maintenant, c'est vous. Ce banc. Cette gare. Ce froid.

Hier encore je connaissais les réveils paresseux, les angoisses légères, tellement familières, je connaissais les rites et le déroulement exact des heures. En prenant mon thé j'ai lu les journaux en ligne. Les gros titres sur les massacres en Centrafrique, je me souviens, et les articles sur les querelles entre des présentateurs télé que je ne connais pas. Les massacres en Centrafrique ne figurent pas dans les « articles les plus lus », contrairement aux querelles entre présentateurs. Mais pour les massacres on nous demandait de voter « Oui » ou « Non » pour une intervention militaire. J'espère que personne en Centrafrique ne sait que nous osons cela. Je me demande comment je reviendrais si j'allais là-bas, « le théâtre des opérations », comme on dit. Une seule journée. Une heure. Une demi-heure. Cinq minutes. Cinq minutes, c'est le temps de lire un article de journal, je pense. La part réelle d'un monde. Mais ce n'est pas le mien.

J'ai grandi au bord de la Méditerranée, sur les bonnes plages. Et aux bonnes dates. Mais il se pourrait que la violence s'invite dans le pays de l'enfance. Alors mes souvenirs changeraient. Mes étés sur la plage ne seraient plus les miens, ils appartiendraient à une génération et feraient partie d'une époque bien plus que de ma jeunesse. C'est ainsi que les cartes se redistribuent. Que vous vouliez ou non faire partie du jeu. Vous le savez bien.

J'ai grandi dans un monde où le soleil dévore l'horizon, et la beauté ne me surprenait pas, je la croyais répandue à égalité. Le monde ressemblait à ce que j'en voyais. Ma ville. Prise entre la montagne et la mer. Soutenue par le bruit des vagues. La vie à mes pieds. Comme une fidélité naturelle. Tout paraissait en place...

Je revois mon père qui relevait le bas de son pantalon pour marcher longtemps seul, au bord de l'eau. Je me demande à quoi il pensait. Je ne me le demandais pas alors. Je le voyais comme un homme qui après avoir marché lentement revenait vers nous pour nous demander, à mes frères et à moi, de rentrer. Aujourd'hui je sais que si la plage avait été sans fin, jamais mon père ne nous aurait demandé cela. Jamais il ne serait revenu vers nous.

En buvant mon thé j'ai voté «Oui» pour une intervention militaire en Centrafrique. J'ai vu alors que je faisais partie de la majorité. J'ai levé le store lentement, pour faire apparaître le monde d'en face. Quelques cheminées fumaient. Les toits étaient encore couverts de givre. Le ciel était d'un blanc sans luminosité, comme un trou. Il devait faire très froid. Derrière la baie vitrée. Cette nuit, à vos côtés, je sens ce froid comme s'il m'appartenait depuis longtemps. Je l'avais déjà. Sans le savoir. Maintenant il se libère et s'installe.

Ayant remonté le store, je voyais le voisin d'en face. Il est toujours nu le matin, été comme hiver. Nu devant sa femme. Nu devant ses enfants. Qui eux ne le sont pas. Je pense qu'il est malade. Soit il n'a pas conscience de son corps. Soit il n'a pas conscience des autres. Je me demande comment on obéit à un père à poil. Si j'étais sa fille je ne le supporterais que de dos. Beaucoup de gens, même habillés, ne sont supportables que de dos. Ils s'en vont. C'est mieux ainsi.

Tandis que je le regardais et qu'il parlait au téléphone en faisant les cent pas dans son salon, mon portable a sonné. C'était ma mère. Elle m'appelle toujours avant 11 heures pour être « sûre de t'avoir », comme elle dit. En général je fais ce que m'a recommandé le médecin : je lui demande quel jour nous sommes, ce qu'elle a fait la veille, ce qu'elle doit faire le jour même. Je l'oriente, elle qui l'est si peu. Si elle m'appelle ce matin, est-ce qu'elle sentira que nos mots sont pris dans un fracas différent ? Est-ce qu'elle aura encore un peu d'intuition ?

Hier matin, d'emblée, je lui ai dit : « Il fait beau pour un mois de février, tu fais quoi aujourd'hui ? » Un peu agacée, un peu perdue, elle a fait le tour de la question et différé sa réponse. Je lui ai donné des indices, comme on joue avec un enfant qu'on ne voudrait pas voir perdre :

– Tu vois toujours Geneviève le mardi ?

– Geneviève ? Oui. Oui je l'ai vue. Elle revenait du Maroc. Oui. Elle m'a montré ses photos. Plus de cent photos des souks ! Quelle barbe !

Je regardais mon voisin nu qui téléphonait lui aussi. Un instant j'ai eu la sensation de parler avec lui. Il avait l'air en colère, et la tête baissée, le dos courbé, on aurait dit un petit taureau.

– Hier on était lundi maman, elle vient le mardi Geneviève, non ?

Le voisin a fait non de la tête. Son pied grattait le sol.

– Tu n'écoutes pas ce que je te dis, Nelly.

(Je m'appelle Nelly, Nelly Bauchard, c'est mon nom de scène. Mon nom de tous les jours aussi. Mon nom permanent.)

Ma mère a continué :

– Je te dis qu'elle m'a montré ses photos de vacances !

– Mais quand ?

– Mais hier quand elle est venue, tu perds la tête ou quoi ?

– Maman hier on était lundi, je le sais, c'était relâche.

– Relâche ?

– Les théâtres étaient fermés, je veux dire.

– Tu joues en ce moment, hein ?

C'était formidable qu'elle s'en souvienne. J'en ai été heureuse comme si sa maladie était réversible, comme si on allait se rejoindre, ailleurs, dans un temps où nos deux places auraient été inchangées. Je me suis éloignée de la fenêtre, du voisin, tout ce qui n'était pas elle et moi.

– Je ne t'aime pas beaucoup dans Tchekhov, tu le sais.

– Je joue Pirandello depuis huit jours, tu ne t'en souviens pas ? Tu es venue à la première avec les enfants. Tu as pris tes médicaments ? On est mardi, Geneviève ne t'a pas montré ses photos hier. Geneviève va venir tout à l'heure, tu dis que tu ne l'aimes pas mais tu ne peux pas te passer de ses visites. Et elle revient d'Islande.

Je me demande pourquoi j'ai voulu la blesser. Pourquoi haïssant sa maladie, je me suis emportée contre elle. Je la vois sortir de son rôle, être doucement happée par hier, et même si l'avenir est un oubli perpétuel, je voudrais qu'elle marche sans se retourner, avec une dignité que rien n'entame. Elle savait faire cela, croyez-moi. Elle était une autre.

Elle et mon père étaient des commerçants. Ils vendaient des robes de chambre, des parures de lit et des couvertures en mohair, très belles et à des prix élevés, et leur clientèle avait les moyens.

Avec les robes de chambre roses pour petites filles, je jouais à la princesse. Elles étaient si chaudes, cachemire et laine, que je suais terriblement, et l'attente du prince charmant avait cette odeur sucrée de transpiration que l'on retrouve dans le cannabis. J'ignorais cela à l'époque, cette odeur de prince charmant qui était celle de l'illicite. Dans les livres de contes ce fameux prince était inévitablement blond avec un chapeau ridicule, il était aussi insipide et dépassé que l'amour est dangereux et cruel. Il n'avait pas l'air d'un assassin. Il avait l'air d'un garçon de ferme mal déguisé. Je ne jouais pas avec lui, ce dessin dans les livres. Je jouais avec un personnage inventé à partir du texte. J'avais compris déjà que nous nous emparons de l'être aimé pour le détourner et le façonner, et c'est ainsi que la lutte commence : un jour le personnage se révolte et s'échappe. Sa liberté est notre déchirure.

Hier, un oiseau est venu sur mon balcon, après que j'ai eu raccroché d'avec ma mère. Si elle avait été morte, j'aurais pensé que cet oiseau m'était envoyé par elle. Ou même, *était* elle. Pourquoi pas ? J'en aurais été émue, évidemment. Et troublée. Si cet oiseau s'était posé sur mon balcon après que ma mère avait été morte, j'aurais pensé qu'elle venait me demander pardon pour m'avoir dit un jour qu'elle ne m'aimait pas dans Tchekhov. Ce pardon fictif m'a rassurée. J'ai mis de la musique. Un peu de Chopin. C'est affreux, vous ne trouvez pas, la désinvolture avec laquelle on met de la musique au lieu de l'écouter ? Dans cette gare, je le sais, ils vont l'envoyer bientôt, ils vont lancer dans les haut-parleurs des notes lascives comme de faux serpents et nous respirerons ce poison sans même le sentir.

Sous la douche j'entendais les préludes par intermittence, on aurait dit que Martha Argerich avait la maladie de ma mère et oubliait une portée sur deux, ou que j'étais atteinte d'amusie. Le son du piano se mêlait à celui de l'eau tombant sur le carrelage, un effondrement passager. J'éprouvais pourtant un plaisir sincère à prendre cette douche chaude accompagnée de ces préludes massacrés, et je ne sais plus si j'ai ri, ou voulu chanter, mais au moment où j'ai basculé la tête en arrière, j'ai manqué m'étouffer. J'ai avalé de l'eau par la trachée. Elle m'est remontée par le nez, entraînant une forte douleur crânienne. J'ai eu peur d'être malade pour la représentation du soir. Je suis sortie de la douche pour avaler un Euphon sans sucre et me faire une tisane miel-citron. J'ai arrêté Chopin d'un coup sec. Je n'avais plus la tête à ça.

Quand je joue j'ai peur de tout. Être malade. Être bloquée dans le métro. Oublier mon texte. Avoir une extinction de voix. Trop penser à l'avance à la représentation du soir, et perdre mon énergie et ma concentration. Être trop détendue avant la représentation du soir, et perdre mon énergie et ma concentration. L'heure de la représentation annule toutes les autres, les aspire comme un trou noir. La journée est une tension perpétuelle vers ce temps lumineux.

Le théâtre est dangereux, c'est sa seule permanence, et sans danger la vie n'est qu'une vaste zone d'ennui. Les héros de Tchekhov font des tentatives de suicide ou des tentatives d'amour, pour sortir de l'ornière de la désillusion et de la lucidité. Aimer ou vouloir mourir, c'est bien la même chose. On veut être ailleurs.

Et j'ai continué ma journée ordinaire, mon matin calme. En buvant ma tisane brûlante j'ai relevé mes mails. Au milieu des différentes pubs et pétitions arrivées dans la nuit il y avait celui de Joseph. Il m'envoie un mail chaque nuit avec une régularité décourageante. Joseph est un romancier qui vend peu mais voyage beaucoup, grâce aux nombreux Alliances et Instituts français. Il est mon amant, mon compagnon, mon ami, tous ces mots qui signifient qu'il n'y a pas d'amour. Depuis quelques semaines il est en Chine.

Hier matin son mail était empreint d'une mauvaise humeur que je trouvais déplacée. Après quelques photos en pièces jointes (des ponts, toujours des ponts, des immeubles en construction, des bibliothèques géantes, mais encore une fois, aucun visage, aucune silhouette) et une ou deux réflexions discrètement ironiques sur les Chinois, Joseph terminait ainsi : « Peut-on imaginer qu'il n'y ait pas de thé en Chine ? Peux-tu imaginer, Nelly, que cet hôtel ne serve le matin que du café ou de l'eau chaude ? Je n'aime pas le café et suis donc condamné à boire de l'eau chaude ! Tu penses un peu comme ça me réveille après une nuit blanche. Je suis d'une humeur de chien. Je t'embrasse. »

Sans le « Je t'embrasse », la tirade sur l'eau chaude aurait pu être amusante. Non ? « Je suis d'une humeur de chien » suivi d'autres considérations aurait pu passer pour de l'autodérision, c'est sûr. Mais comment imaginer qu'un homme de cinquante-quatre ans soit réellement d'une humeur de chien parce qu'il n'a pas eu son thé ? Comment imaginer que cette absence de thé soit la conclusion de sa lettre ? N'aurait-il pas dû ajouter quelques mots doux, ou érotiques ? Mais les mots doux de Joseph ressemblent à des ordres. Il dit des choses aussi étranges que « tu m'as ». Ou « c'est bien, nous deux », avec ce regard extérieur sur notre relation, comme si au lieu de la vivre, il l'évaluait. Joseph est un romancier qui se prend pour un monarque. Il n'invente pas seulement des personnages, il invente également les êtres qui l'entourent. Il parle de moi avec des mots contraires à tout ce que je suis. Il me trouve dans la lune et distraite alors que je suis obsessionnelle et entêtée. Il veut voir en moi une femme éthérée qui ne pourra jamais l'effrayer. Il n'aimerait pas cette femme assise et osant des confidences, non, il ne l'aimerait pas un instant. Trop de mots et pas assez de pudeur. Il a toujours confondu l'hypocrisie avec l'élégance.

J'ai choisi de ne pas lui répondre. Faire comme si je ne le connaissais pas. J'ai répété les premières répliques de mon texte :

– *Et cette pauvre mère blablabla, comme si elle était la mère de trois bâtards, le salaud !*

– Oh je vous en supplie, monsieur, au nom de ces deux enfants, je vous en supplie…

– *Regardez-la, regardez cette femme…*

– Arrête, ne fais pas ça, au nom du ciel !

– *Je veux que tout le monde te voie.*

– Je vous en supplie monsieur, empêchez-le de faire ça, je vous en supplie, c'est terrible pour moi.

– *Moi je n'y comprends plus rien, blablabla. C'est votre femme ? Oui blablabla. Ne riez pas etc. un homme qui devrait être ici.*

– Non ! Non !

– *Il est mort il y a deux mois etc. Ce n'est pas parce qu'il est mort qu'il n'est pas ici. Blablabla. La puissance de son drame est là ! Elle a eu quatre enfants des deux hommes de sa vie.*

– Comment ? Tu as le culot de dire que moi, j'ai eu

des enfants ? Comme si je les avais voulus (merde). Comme si je les avais désirés ? (désirés, comme si je les avais désirés). C'est lui, monsieur qui m'a jetée dans les bras de l'autre ! De force ! Il m'a forcée à partir avec l'autre ! Comment ? Tu as le culot de dire que moi, j'ai eu des enfants ? Comme si je les avais… désirés ! Désirés… Désirés…

Ça ne marchait pas. Je pensais toujours à Joseph. J'ai fait mon brushing, mis une lessive… Joseph existait toujours et il avait toujours envoyé ce mail. Je faisais exister par-delà les mers un être qui dormait et avait oublié ce mot d'humeur d'enfant gavé, lui qui a dans le sang ces réflexes de fils de bonne famille. Cette révolte domestique.

À la vérité, ce n'est pas lui que je tentais d'oublier. C'était mon agacement. Je m'en voulais de me contenter de si peu. Je lui en voulais de n'être que lui-même et de ne rien menacer. Je recherchais un calme que je haïssais.

Je voudrais rire. Je devrais rire, vraiment… Tout ce qu'hier je maîtrisais et raisonnais, sachant si bien qui était cet homme, «Joseph écrivain», et cette vie avec lui, aux contours si flous que rien ne pouvait me blesser, les jours se succédaient comme une vaste trouée, je n'allais nulle part, je continuais seulement. Et continuant, je croyais vivre.

Mais comment font les autres ? Ceux qui sont assurés de ne *jamais* passer la nuit sur ce banc ? Ceux qui depuis des dizaines d'années en chapelet attendent de l'autre simplement ce qu'il peut donner ? Ils sont patients et vivent chichement selon une loi infaillible : avec le temps, à défaut de s'aimer, on s'attache. En récompense de tant de patience et de compromis, de tant d'efforts et de mansuétude, un jour lointain on est indispensable à l'autre sans l'avoir aimé jamais.

On accepte le second rôle.

Ce rabaissement.

Entre nous, je sais bien à quoi pensait mon père lorsqu'il marchait seul au bord de l'eau tandis que ses trois enfants jouaient dans les vagues. Et je le savais alors. D'une façon ou d'une autre. Nous étions pour lui l'aboutissement de sa lâcheté. Pauvre jeune homme effrayé par lui-même et devenu boutiquier, père de famille nombreuse. Mort d'un cancer, lui qui n'aura jamais couru à son rythme.

Ma mère n'évoque jamais mon père. C'est un homme qu'elle a aimé en vain, à travers qui elle a passé ses bras sans l'étreindre. Se souvient-elle de lui ? Son visage, sa peur, son infinie tristesse ?

Mon visage à moi, elle ne l'a pas encore oublié. Sa propre mère avait oublié le sien. J'étais enfant et j'entendais ma grand-mère lui dire Bonjour madame, avec une politesse non feinte. Maman, je le voyais bien, était au bord de l'évanouissement. Elle manquait disparaître. Puisque sa mère ne la reconnaissait pas. Créature sans créateur. Un jour je le sais, sa mémoire se figera, comme un sang non renouvelé. Ce sera un empoisonnement lent.

Oublierai-je Joseph un jour ? « Il ne restera pas une seule page de son travail après lui, il est parfaitement inconnu, il est rien ! Une bulle de savon ! » Après avoir lu son mail, j'avais cette réplique d'*Oncle Vania* en tête et j'hésitais à la lui envoyer. Mais je ne l'ai pas fait. Comment être cruelle envers quelqu'un que l'on n'aime pas ? Et quelle importance ? Ce qui restera de nous. Ce que nous aurons réellement fait ou tenté. J'ai quarante-sept ans et j'attends toujours que ma vie commence. Mais apparemment c'est déjà fait. On me le dit. Beaux enfants. Beau métier. Pas de cancer. Aucune tragédie. On me félicite. Parfois le soir on m'applaudit. On ne m'applaudira plus.

Je suis sortie pour marcher dans Paris, et dès que j'ai été dehors, j'ai reçu la ville : son odeur de goudron et de bois vert, sa froidure affilée, les noirceurs soudaines des bouches du métro, et le bruit du vent contre les rideaux de fer relevés. Les mouvements étaient contraires, les sons se croisaient, et tant de vies se faufilaient. Paris est un vaste rendez-vous. Mais nous ignorons avec quoi. C'est une course de hasard stoppée par des accidents inévitables. Des murs. Des souffles coupés. Et des chutes en cascade.

Mais vous l'avez compris, j'étais innocente alors, et je marchais vite, avec ce désir de bousculer le jour, d'en faire surgir quelque chose, comme lorsqu'on secoue un arbre pour en faire tomber les fruits, ou que l'on danse tout simplement, les bras en l'air et les yeux clos. J'étais dans la joie. J'allais vers le théâtre. Puisque j'étais dehors et que les heures me suivaient, j'allais forcément vers le théâtre, et il me semblait porter cette joie comme un bien secret. J'étais promise à quelque chose d'incroyable, qui arrive à si peu. La représentation du soir. Je possédais encore ce privilège.

Devant la boulangerie de la rue du Faubourg-Saint-Antoine, je savais que j'allais le croiser et je l'ai croisé. Le vieil homme métis. Dès que je l'ai aperçu j'ai tenté de regarder ailleurs, mais il m'a eue. J'ai détourné les yeux trop tard, et alors le vieil homme métis s'est approché de moi, avec son éternelle question posée si bas que je me demande si je l'entends ou si je m'en souviens : « Vous n'avez pas vu ma petite sœur ? » J'ai accéléré le pas.

Je me demande ce qu'il dirait de plus, si un jour je m'arrêtais à sa hauteur, si un jour je ne passais pas mon chemin. Peut-être alors son histoire serait-elle véridique, peut-être y aurait-il réellement un moyen de retrouver sa petite sœur. Mais j'ai peur de m'arrêter et de l'écouter. J'ai peur de ce qui est arrivé à sa petite sœur.

Pourtant moi aussi, comme le vieux métis, je répète… je répétais, quotidiennement les mêmes phrases, au même moment et au même endroit. Geste. Mouvement. Réplique. Silence. Regard. Réplique. « Oh, je vous en supplie, monsieur, au nom de ces deux enfants, je vous en supplie ! », « Arrête, ne fais pas ça, au nom du ciel ! »

« Vous n'avez pas vu ma petite sœur ? » Serait-il plus normal de poser la question chaque soir sur une scène de théâtre que chaque matin devant une boulangerie ? Y a-t-il des lieux où la ferveur n'est plus folie, mais simple prière ? Le théâtre permet-il cela ? La répétition de la question ?

Hier matin la rue était prise dans une lumière bleue qui s'étirait, l'horizon était très haut, très large, cela aurait pu être le premier jour de l'année, ou celui des grandes vacances. C'était une fin de matinée dans laquelle on avait envie de prendre des résolutions, de décider de choses nouvelles. Le ciel le permettait. Et j'ai eu envie de marcher en le regardant, de soutenir sa luminosité. « Regarde-moi quand je te parle ! » J'ai pensé que peut-être il m'ordonnait cela, et j'ai ri, et j'ai manqué rentrer dans un parcmètre et j'ai entendu des collégiennes pouffer, et le mot « dingue » aussi, je l'ai entendu. Je l'ai pris pour moi et j'ai été vexée, et furieuse d'être vexée, alors j'ai voulu recommencer, marcher la tête en l'air, le regard levé, mais ça ne m'amusait plus. C'était fini. Et la rue du Faubourg-Saint-Antoine était telle que je la connaissais. Longue. Très longue et de plus en plus animée au fur et à mesure que j'approchais de la Bastille. Mais le mot « dingue » est resté. Il est resté, je le sais. Puisque je l'ai gardé.

J'ai rejoint Fabienne au Loir dans la Théière, rue des Rosiers, dans cette ambiance désordonnée, ce lieu élégamment dépareillé où les garçons désignent des tables au hasard, faussement surpris et lunaires. Fabienne, elle, n'est pas lunaire. Elle est concrète et volontaire. Je l'ai écoutée parler des études de ses enfants avec une neutralité bienveillante. Ça me faisait du bien au début, ce babillage. Plus efficace que la radio pour me débrancher de mes obsessions. Je comprenais tous les mots. Les dossiers à remplir, les évaluations et les entretiens, le prix d'une chambre d'étudiant, les dimensions d'une télé dans une chambre d'étudiant, la fierté d'accomplir les démarches avec l'enfant, de l'aider encore à cet âge avancé, vingt-cinq ans, la signature des parents en bas du bail, les chèques de caution, et ceux chez Darty et Ikea, et la carte Grand Voyageur pour que l'étudiant revienne le week-end avec son linge sale et sa fatigue…

Mais au bout d'un moment cette ronde de mots standard proférés avec une émotion excessive m'a donné l'impression d'être kidnappée. Fabienne me forçait à exister en creux. À donner une consistance à ce qui n'en avait pas, et je regrettais tout. Ma présence. Le lieu. Le plat que j'avais commandé. Je sentais que je perdais pied, que loin de rejoindre l'heure de la représentation, je me diluais au contraire, prise dans les remous de mots vides. Le discours de Fabienne gonflait mon cerveau comme un matelas pneumatique, de l'air de l'air de l'air, elle parlait et actionnait la pompe, de l'air de l'air de l'air, j'ai pris mon front dans mes mains et fermé les yeux, j'aurais voulu dormir. J'ai entendu, enfin, un silence. Bref, mais réel. J'ai relevé le visage avec peine, ma lassitude était immense. Fabienne a posé sa main sur mon bras et m'a dit qu'elle avait quelque chose à m'avouer. Au son de sa voix j'ai senti que cette fois-ci ce ne serait pas du vent. «Je n'ai rien compris à la pièce et Jean-Jacques non plus. Excuse-moi mais vraiment, rien du tout.» Cela m'a comblée. Je n'attendais que ça. Qu'on en vienne enfin au fait ! Que l'on parle de la seule chose qui vaille la peine : la pièce ! Mon sourire bienheureux l'a rassurée et elle m'a écoutée avec une attention assombrie par l'accablement.

– Je joue un personnage, une femme en deuil...

– La Mère, ça j'ai compris, vous êtes six personnages et vous cherchez un auteur.

– Oui. Et cette Mère porte en elle un drame...

– Mais pourquoi vous cherchez un auteur ? Puisque vous êtes déjà là, hein ? Avec cette histoire d'inceste, de prostitution et de suicide, vraiment !

– Vraiment quoi ?

– C'est pas gai.

J'ai levé la main pour commander un Lapsang Souchong. Jusqu'à 15 heures je bois du thé pour me réveiller, au-delà je cesse toute boisson diurétique, thé, café, plus question, j'ai trop peur d'avoir envie de pisser quand je joue.

– J'ai reçu ce matin un mail de Joseph.

Fabienne s'est éclairée aussitôt comme si on lui avait braqué une poursuite sur le visage. Elle a même légèrement bondi de sa chaise. Elle devenait gourmande. J'ai décidé de ne pas la décevoir et de lui donner ce qu'elle attendait : du sentiment. Mais du vif, de l'optimiste, dit dans un tempo alerte, aussi pur qu'un chant tyrolien. J'ai joué la débutante amoureuse, l'attendrie nouvellement éprise.

J'ai raconté en m'en moquant gentiment le dernier mail de Joseph : l'absence de sachet de thé et l'eau chaude. Je l'ai raconté avec un attendrissement agacé, comme font certaines femmes avec leurs conjoints, pour montrer à quel point elles les aiment et les supportent, l'un n'allant pas sans l'autre, cet apitoiement maternel dans lequel peut-être elles trouvent un certain érotisme, une domination. Je n'étais pas naturelle, mais qui l'est ? Je me suis réfugiée dans cette autre moi-même (la fille qui a une relation depuis peu avec un mec qui) et j'ai failli y croire. Fabienne a manqué parler de ce qui fâche, je veux dire, ce qui avait compté réellement pour moi, mais devant mon regard noir elle a fermé la bouche et a avalé un petit courant d'air. Peut-être qu'à ce moment-là j'aurais dû comprendre. Cette journée était différente. Cette journée offrait des échappées vers l'innommable.

Je suis revenue à Pirandello. Par fidélité pour le chef-d'œuvre. Par besoin de ce refuge.

– Les six personnages ont été mis au monde par l'auteur, mais ensuite, il les a refusés. Tu comprends l'immensité de leur douleur : exister sans pouvoir vivre ?

– Oui. Enfin.

– Enfin quoi ?
– Je t'aimais mieux dans Tchekhov.

J'ai eu hâte d'en finir. Pas pour quitter Fabienne, mais pour me retrouver. Elle parlait encore et le temps passait et l'heure de la représentation approchait, et celle à laquelle je devrais me rendre au théâtre aussi. Toujours trop en avance, parce que je ne saurais plus quoi faire de moi, et qu'il vaut mieux poser l'angoisse dans la loge, où c'est son autel, plutôt que la trimbaler dans Paris, des bars, des commerces, des musées, qui ne peuvent ni l'accueillir ni la contenir. J'avais hâte de sortir du restaurant, de ne plus faire partie du rassemblement.

Nous nous sommes quittées sur le trottoir, en face d'un magasin de vêtements de luxe, ainsi qu'il y en a tant dans le Marais, comme si on ne pensait plus qu'à cela dans ce quartier : s'habiller. Cher. Pas trop mais quand même. Cher à la limite du convenable. C'est presque obscène de piétiner ainsi les fantômes de ces rues, comme s'il n'y avait plus personne, plus aucune vie, simplement des vitrines d'aéroport. Les immeubles penchés, les grilles des écoles, un décor mis au rebut, remplacé par une nouvelle production, clinquante et chère. Et ce lieu qui résiste malgré tout, avec l'humilité des enracinés.

J'ai regardé le ciel encore, à croire que j'attendais que quelque chose en tombe. Il était pâle, presque anonyme, et j'ai eu envie je m'en souviens, à ce moment précis, j'ai eu envie d'aimer quelqu'un. Ça a été une sensation furtive, comme un malaise passager. L'envie d'être contenue dans les bras d'un homme, retenue par cette force-là. Cette force qui sans préavis s'épuise, et alors…

J'ai traversé la rue de Rivoli pour marcher le long de la Seine. Les mouettes gueulaient au-dessus des bateaux-mouches. Paris porte la promesse de la mer. Une mer mouvante, qu'on attend, et dont le retour ressemble à une invasion. Chaque retour est une invasion. Chacun, qui revient vers vous, porte en soi la possibilité du désordre.

La mer de mon enfance ne fugue jamais. Mon père se heurtait à cette Méditerranée sans échappatoire. Après avoir marché longuement sur la plage il nous demandait de rentrer, dans le seul but de nous suivre et d'échapper à lui-même. Mon père aimait les hommes. Nous, ses enfants, étions la preuve vivante de son assimilation sociale. Nous étions sa défaite. Nous étions les représentants d'une sexualité normalisée. Nous étions une publicité vivante pour la sauvegarde de la famille. Voilà ce que nous étions. Un détournement.

Je me suis assise sur un banc de l'île Saint-Louis, en bas, tout au bord de l'eau. Ça sentait un peu la pisse, un peu le pétrole et la pierre humide. Je voyais le dos de Notre-Dame à travers les arbres sans feuilles. Il y avait en elle une solitude et une haute dignité. Elle portait son histoire en silence. C'était si proche et si lointain. Siècles de patience. L'espérance. Et la révolte. Contre le Ciel et les représentants du Ciel.

Je suis restée là longtemps. Femme assise, déjà. J'ai répété et visualisé mentalement la pièce, mes déplacements et mes répliques. Je joue cette Mère qui porte la douleur comme d'autres portent la vie ou le pardon. Une incarnation du chagrin. Dimanche en matinée, je l'avais jouée trop accablée. J'avais mal respiré le texte, j'avais joué petit, serré, ce soir je devrais trouver cette force que donne la douleur dépassée, cette présence écorchée. Quelle ironie… Quelle défaite.

Répéter mentalement mon rôle a apaisé mon trac. Je retrouvais le rythme et la scansion. Mais surtout, je faisais quelque chose pour la pièce. C'est cela qu'il faut faire. Rien d'autre n'est juste, qui ne sert la représentation du soir. La pièce demande que l'on s'occupe d'elle en dehors d'elle. Que le rendez-vous soit perpétuel, tout au long du jour, tout au long des heures qui précèdent le lever du rideau. Les théâtres, comme les églises, n'ont pas de fenêtres. Ils masquent le jour et le temps qu'il fait, pour nous abriter de tout ce qui est extérieur à nous-mêmes. Il n'est pas insensé d'avoir enterré les comédiens en cachette, la nuit, et sans sacrement. Il est normal d'avoir eu peur de ceux-là dont le travail est la justesse des sentiments. Cette vérité que la plupart du temps nous évitons avec tant d'ardeur, pour ne pas souffrir de tout ce que nous abritons en nous. D'incorrect et de furieux.

Assise au bord du fleuve, j'ignorais encore que le théâtre ce soir-là ne contiendrait pas seulement le danger de la représentation. J'ignorais qu'en entrant sur scène je découvrirais un autre danger. Comme si une bombe avait été placée sous un siège. Et que j'étais la seule à la voir. Je refaisais mentalement le parcours : top départ, repères lumière, silences, répliques, déplacements, regards… Chorégraphie silencieuse, contrôle de tout ce qui paraît surgir et n'a de spontané que la peur terrible au creux du ventre là où le cœur bat, énorme. Et ce qu'il faut de maîtrise pour ne pas trembler. Ne pas tomber.

Dès que j'ai eu fini de répéter, j'ai eu froid. Je me suis levée et je suis partie. Et remontant sur le quai j'ai entendu tout ce que je n'entendais plus, comme si une main discrète avait soudain remis le son. Il y avait quelque chose de grinçant dans cette harmonie impossible. Le monde s'était désuni, chacun courait en désordre, et déjà il y avait un embouteillage bruyant sur la voie Georges-Pompidou, et sur le pont Marie la police municipale contrôlait un groupe de jeunes garçons en leur gueulant de baisser leurs capuches. Comme si ces capuches avaient été des armes.

Il était l'heure où mes enfants étaient peut-être rentrés à la maison, alors j'ai appuyé sur la touche «maison» de mon portable et mon fils Tom m'a répondu. À sa voix j'ai su qu'il n'était pas seul, qu'un ou une camarade devait être à ses côtés. Il avait cette voix un peu trop forte et lasse comme en ont parfois les adultes distraits et il parlait comme quelqu'un qui a autre chose à faire. Autre chose à faire que parler avec maman. J'ai trouvé joli ce désir d'émancipation. Lui aussi répétait son rôle. Être le fils d'une mère qui n'est jamais là quand il rentre de l'école. Être celui qui a l'habitude de se prendre en charge et dit *Aaa*llô comme un homme débordé. Il me signifiait que je n'étais pas le centre du monde, qu'est-ce que je croyais ? Le théâtre vécu comme une religion, cette vie d'acteur qui place les autres dans l'ombre, qu'est-ce que je croyais ? Je crois qu'ils s'en vont. Tous les deux. Tom et Louis. Je crois qu'ils ne savent pas à quel point ils courent déjà loin de moi, de la peur permanente que la vie me fait pour eux. Je crois qu'ils ne savent pas à quel point cela est long, de grandir et de vivre. Ils vont aimer, avec ferveur et maladresse, ils vont aimer avec douleur et sans retour, ils vont se battre ils vont me haïr parfois, ils vont désirer me fuir ils vont revenir puis partir encore, « partir » est le verbe qui va le mieux aux enfants.

Tom a quinze ans. C'est mon fils aîné. J'ai un enfant depuis quinze ans. Et je ne peux pas imaginer comment j'étais avant lui. Je veux dire : comment c'était de ne pas le connaître. Je ne peux pas l'imaginer non, c'est à devenir folle, tenter de rejoindre celle que j'étais dans cette innocence totale de l'enfant. C'est pareil pour un amour. Un jour on ne connaît pas un homme. Et le lendemain subitement, on le connaît. Subitement, en une seconde on le voit et on apprend son prénom, on découvre son visage et après il est trop tard pour oublier cela que l'on nomme « faire la connaissance » de quelqu'un. « Défaire la connaissance » est impossible. Et c'est là qu'elle prend toute sa place. La douleur. Elle s'installe sans qu'on s'en doute, au premier regard, et simplement elle attend son tour, elle a l'habitude. Elle est toujours l'invitée de la dernière heure. La souffrance liée à l'impossibilité de l'amnésie, la souffrance, main géante qui vous tient et hésite. Vous asphyxier lentement ou vous broyer d'un seul geste.

On peut par des électrochocs effacer de la mémoire les mauvais souvenirs. Une taxidermie qui nous laisse l'apparence de la vie. Moi, je veux garder ce qui m'a blessée. Je veux garder la conscience du mal. Je veux garder mes réflexes. De survie. De méfiance. Comment jouer sans cela ? Ma vie est faite de ces batailles, ces sentiments contraires, ces incohérences et ces refus. Je ne peux pas démêler ce qui m'envahit. Mais je peux au moins le jouer... Est-ce qu'on me laissera jouer encore ? Est-ce que vous pensez que cela est possible ? Un pardon ? Une grâce…

Pour aller au théâtre, je me fie à la lumière. Quand elle décline, c'est le signal. Le voile qui lentement recouvre Paris, comme si Paris était une cage, signifie que je dois m'y rendre. C'est l'heure. 17 h 45. L'heure vérifiée plusieurs fois sur mon portable. Des fois que j'aie mal lu. Que le portable ne marche plus. Que je me sois trompée. Et si je suis au téléphone alors que cette heure approche, la panique de ne plus pouvoir regarder. J'écourte la conversation que de toute façon je n'écoute plus.

17 h 45 me laisse une grande marge. La pièce est à 21 heures. Mais puisque c'est le top départ que j'ai choisi, le rater serait comme rater un avion. L'avance n'est plus une avance. C'est un temps intérieur et intégré. Je suis comme un chien qui voit la laisse dans la main de son maître et gémit d'impatience, la joie se mêlant à cette panique confuse, cette promesse qui pourrait au dernier moment, se dérober.

Mais le voile n'était pas encore posé sur Paris, c'était les derniers instants avant que tout change, que la joie inquiétante d'exister à contre-courant me saisisse. Cette peur privilégiée qu'il y a à vivre en sens inverse. Commencer sa vie le soir venu. Dire les mots des autres. Dérouler le drame, dans l'exact temps défini. Avoir le pouvoir de le contenir.

J'ai commandé un chocolat chaud dans un bar de l'île Saint-Louis. Un moment de vie partagée avec les autres femmes. Un moment en spectatrice devant l'énigme de leur vie. Je les observe. Je les apprends. Un soir peut-être elles viendront au théâtre se reconnaître dans la vie amplifiée des grandes héroïnes. Qui sait ? Je regarde. Tout. Leurs mouvements. Leur silhouette. L'ampleur d'un geste ou sa brusque retenue, des revirement du corps et des sentiments, des tonalités et des rythmes en accord avec un physique ou totalement dépareillés, des voix fortes dans des corps longilignes, des voix assourdies et craintives chez des géantes courbées, les belles sans le savoir et les vieilles femmes ridicules, les trop maquillées, les trahies par le bout pointu de leurs bottes, les embellies par la fatigue sans fard, les femmes au regard puissant, à la distinction svelte, les femmes qu'on voudrait voir en photo noir et blanc, qui subliment les ombres et les lignes, les très petites, aiguës et rouées, drôles et percutantes, les trop longues un peu mollasses qui font penser aux poupées de chiffon, les amoureuses qui chantonnent sans s'en rendre compte, les déçues qui fument en claquant leurs talons sur le trottoir, les vaillantes qui reniflent en haussant les épaules, les rieuses éternelles que tout amuse et que tout indiffère, les rêveuses qui trébuchent et demandent pardon au trottoir, celles qui se rongent les ongles, se mordillent les cheveux, se mangent l'intérieur des joues, celles qui sifflent les taxis comme un homme, celles qui subitement font trois petits pas de danse, celles qui pleurent en écoutant de la musique sacrée, celles qui tombent amoureuses en écoutant Benjamin Biolay, toutes celles qui vivent en vitesse ou en paresse, qui font un monde grouillant, coloré, cadencé, surprenant, éternel.

Et les perdues dans les gares.

Aussi.

Hier il y avait cette femme à la table devant moi, près d'un miroir abîmé et d'une fausse plante verte. Elle était seule. Elle avait mon âge, un peu plus jeune peut-être. Vêtue simplement et avec un bon goût un peu désuet. Elle guettait quelqu'un. Et je guettais avec elle. Son pied se balançait sous sa chaise et ses lèvres parfois s'avançaient en une petite moue de dégoût furtif et incontrôlable. Elle a eu un soulagement autoritaire dès que l'adolescente est entrée. Très jeune adolescente.

Maigre, gênée et souriante, qui s'est assise en face d'elle. La femme souhaitait la contenter et lui avait déjà commandé une crêpe et « de la chantilly sur la crêpe, ça te fait plaisir, hein ? ». Puis elle dit d'une voix douce mais sans salive :

– Je me trompe ma chérie ou en ce moment tu es un peu… Un peu…. fermée ?

J'ai pensé que c'était sa mère et qu'elle était prudente. Et aussi que c'était une jolie idée d'inviter son enfant pour parler de ce qui la tourmente. Et l'enfant a répondu, tandis que le serveur posait la crêpe-chantilly devant elle :

– Non… Tu ne te trompes pas.

La mère a renversé la tête en arrière, elle prenait son élan, c'était là qu'elle voulait aller, dans cette confidence-là. Elle a enchaîné avec ce ton doux et asséché :

– Avec moi, tu es fermée. Et avec ta grand-mère aussi, tu es fermée. Comme une huître.

La fille a baissé la tête. Elle coupait de tout petits bouts de crêpe, sa cuillère faisait du bruit en heurtant l'assiette, la mère a continué, elle avait préparé ses mots, comment elle les dirait, dans quelle intention et dans quel ordre. Elle a gardé sa voix basse et tendue, mais son débit se précipitait un peu :

– Tu trouves que c'est juste ? Vous le savez pourtant, ta sœur et toi. Ce qui se passe. Hein ?

La fille a porté un tout petit bout de crêpe à sa bouche. On aurait dit qu'elle mangeait quelque chose d'énorme et de trop cru, un aliment fait pour un animal à la mâchoire puissante.

– Réponds-moi ma chérie. Tu le sais ce qui se passe ?

– Oui.

– Tu le sais que ton père est un pervers.

La fille a avalé son petit bout de crêpe et la difficulté de cette déglutition lui a fait venir les larmes aux yeux. Elle a cligné des paupières très vite. On aurait dit qu'elle était ivre.

– Je vais très mal, a continué la mère. Il faut que vous me souteniez ta sœur et toi. Je vais très mal. Je te le dis.

Il y a eu un espace sans mots. La mère savait, apparemment. Elle avait appris qu'un silence est nécessaire avant une parole importante. Après ce temps elle a balancé sa réplique :

– Tu choisis de vivre avec qui ? Je te préviens : si tu choisis de vivre avec ton père je me suicide.

J'ai pensé que cela suffisait. Cette scène m'embrouillait et me parasitait. Je ne voulais plus être poreuse au monde. Je voulais marcher lentement le long des quais, très lentement pour respirer à mon rythme, jusqu'à l'abri aux fauteuils rouges. Loin des mères aimantes et assassines, des vies bousillées par ce que tous nomment avec distraction « l'amour ».

Quand je suis entrée dans le théâtre, Paris s'est effondré. À l'extérieur tout est tombé en poussière. Le superflu, l'agitation, les évitements et les détours. J'entrais dans le temple dévolu à la poésie. Là où rien n'effraye. Là où se faufiler est impossible. Je ne savais pas que j'allais affronter mon plus effroyable souvenir. Le voir prendre vie. Face à moi et sans échappatoire. Comme une asphyxie.

À la caisse une femme tentait de se faire rembourser ses billets. Son fils l'accompagnait, comme preuve vivante. Elle le désignait tout en harcelant Noémie, la caissière. « Non mais puisque je vous dis que c'est son cadeau d'anniversaire ! D'an-ni-ver-saire ! Alors hier, quand il a ouvert l'enveloppe, j'ai vu que j'avais pris les places pour le 25 janvier, soir de la première, mais lui il est né le 25 février ! C'est son cadeau ! Vous pouvez bien me changer les billets puisque c'est son cadeau ! »

J'ai fait un petit salut de la main à Noémie et suis descendue au bar du théâtre. Toutes ces mères croisées, avant de jouer celle de Pirandello ! Et toutes celles que je suis moi-même, depuis que l'enfant invisible, ce signe « + » sur un bâtonnet de pharmacie, s'est révélé à moi, m'offrant tous les rôles de mère, instable novice ou déesse indéfectible, épuisée orgueilleuse, ogresse incestueuse ou aimante incertaine ; rien d'autre finalement qu'un animal sur un fil, doté d'une puissance indestructible.

François, qui joue le Père dans la pièce, était déjà là. Nos « enfants » arrivent toujours après nous, surtout Estelle qui joue la Belle-fille. Elle a besoin de cette urgence : surgir au dernier moment, puis plonger. Chaque soir j'ai peur qu'elle n'arrive pas. Chaque soir je me dis que son retard va faire échouer la représentation. Personne autour de moi, aucun comédien, n'a cette appréhension. Alex qui joue l'Adolescent en rit et se moque de moi. Je m'efforce de ne pas le haïr pour cela et de lui cacher tant que je peux mon désarroi. Quand j'attends Estelle je ressens cette angoisse crispée qu'il y a à attendre un compagnon de voyage qui tarde à vous rejoindre sur le quai. Le train va partir. Il n'est toujours pas là. *Et c'est lui qui a les billets*

François venait de faire un raccord avec Ewan, le metteur en scène, car il avait eu disait-il « quelque chose à lui proposer ». À son regard tourmenté et déçu, j'ai su à quel refus il s'était heurté. Sa proposition avait été rejetée. Il avait dû batailler ferme, mais rien à faire.

Nous jouons depuis huit jours seulement, dans ce travail tout neuf, peinture fraîche, envol mal assuré, qu'un avis extérieur peut mettre à mal. Une simple réflexion, qui parfois se veut compliment, conseil salvateur, peut se révéler catastrophique. La catastrophe avec François s'appelle inévitablement Géraldine. Sa femme. Elle rattrape par cette union publique tout ce qu'elle n'est pas en privé, tout ce à quoi elle aspire : être quelqu'un. Être « la-femme-de-François-Sandeau » la soutient comme un corset, lui donne de l'assurance et une confiance proche de la provocation. Elle rattrape par une fierté agressive l'inconsistance de son existence, et se balade dans tous les halls de théâtre un large chapeau sur la tête, afin qu'on reconnaisse son personnage de loin : « la-femme-de-François-Sandeau-celle-qui-porte-un-chapeau ».

Un des dangers du lundi, ce jour relâché, c'est aussi cela : les conseils avisés des Géraldine, qui signent par une prétention à sauver un comédien, leur méconnaissance de ce travail aux parois si fines, ce doute constant qui ne se partage pas. Cela vous paraît dérisoire peut-être, des tourments d'artistes qui placent l'imitation de la vie plus haut que la vie. La fragilité de ces colosses, qu'est-ce que ça signifie, dans une gare en jachère ? Dans ce lieu de culs-terreux méprisés et d'âmes égarées, qu'est-ce que ça veut dire, la justesse d'une intonation ?

J'étais face à François, empêtré dans son angoisse, enserré par l'injustice. Il criait presque :

– Elle a raison Géraldine ! Depuis le début je sens que je ne dois pas le précipiter ce passage, depuis le début, l'indication d'Ewan, je ne la trouve pas juste, ça n'est pas une plaidoirie furieuse, c'est plutôt une hésitation fiévreuse, sans ça… J'annonce trop tôt mon angoisse. Écoute comme c'est faux, dit dans la précipitation.

Et avec une mauvaise foi maîtrisée il a balancé sa réplique à une vitesse qui la rendait totalement incompréhensible. Sans ponctuation ni respiration, le texte était une succession de chocs qui n'avaient aucun sens. Je suis passée derrière le bar pour prendre une bouteille d'eau dans le frigidaire. À cette heure-là le barman n'était pas encore arrivé. Le bar était fermé. Il faisait très sombre. On était là en douce. J'ai dit à François qu'il ne devait pas ralentir ce passage, qu'Ewan avait raison. C'était une seule pensée contenue dans un seul élan. Mais il n'en démordait pas. On aurait dit qu'il tentait d'empêcher un accident.

– Il faut marquer l'entrave par la lenteur. Je l'ai ressenti hier en le répétant avec Géraldine.

Et comme pour prouver l'urgence de sa vérité, il a dit sa réplique en me regardant dans les yeux. Une sorte de prise d'otage :

– Tout mon drame est là, Monsieur. J'ai conscience que chacun de nous pense être « un seul », alors que c'est faux. Chacun de nous est « plusieurs ». Avec tout ce qu'il y a en lui de possibles façons d'être. « Un seul » avec l'un. Et « un seul » avec l'autre. Différent toujours, mais le même en chacun de nos actes.

– Dis le texte. Dis-le et c'est tout. Avec les respirations qu'Ewan t'a indiquées.

Il m'a jeté un regard furibard puis il a attrapé le journal de la veille qui traînait là, l'a ouvert avec un geste emphatique et m'a dit que Noémie voulait me voir. Il me ramenait là où il pensait que j'étais : au ras du sol. J'ai répondu que j'irais plus tard, que Noémie était « occupée avec une chieuse ». J'ai dit ça, vulgairement, injustement. Parce que j'étais énervée soudain, parce que la peur et l'envie de jouer se mêlaient déjà. Mon dernier trac. Mon ultime bonheur. Et je ne le savais pas.

– Pourquoi on fait ce métier ? Pourquoi tu fais ce métier, François ?

Il a haussé les épaules. J'espérais qu'il ne parlerait ni de vocation ni de magie du théâtre.

– Putain, la Centrafrique ! T'as vu ça ? Je fais ce métier parce que le monde réel m'emmerde. Le monde réel me tue.

En disant cela il a refermé le journal et m'a dit qu'il allait s'allonger dans sa loge. J'ai senti que je faisais partie pour lui de ce monde réel, qu'il ne me pardonnerait jamais de ne pas être allée plaider sa cause auprès d'Ewan. Cette aigreur le rapetissait. Il devenait insensiblement, au fil des années, ce comédien rare qui se banalise, joue sur ses réserves, misant sur sa splendeur passée pour excuser sa paresse. Sa ferveur déclinait et même ses anciennes névroses, ces tourments perpétuels qui le menaient au bord de la dépression, s'étaient muées en fine lassitude. J'aurais voulu qu'il retrouve sur scène le plaisir et la peur de l'escapade. L'évasion hors du réel, peut-être. Mais par la fugue en mode majeur.

Oui. Oui. J'étais sûre de moi alors, et j'avais moi aussi un avis sur toute chose. J'étais une seule. Et plusieurs. Comme dit Pirandello. Une seule. Et plus personne désormais.

Je suis restée un moment au bar du théâtre. J'écoutais le silence que bientôt briseraient les voix multiples du public qui s'apprête lui aussi à faire son entrée, pour prendre sa place désignée et donner à nos paroles leur raison d'être.

Il y avait dans le bar désert cette odeur de cire d'abeille, de moquette synthétique et de mauvais vin, liée à l'attente. Les affiches des spectacles anciens avec les visages de ces acteurs que l'on n'a jamais connus jeunes. Tous ces noms oubliés. Ces traces qu'ils ont laissées dans le lieu. Le labeur. Le trac et les joies démesurées. Tous les frissons sur toutes les échines, les chemises trempées, les tremblements du corps, leur présence dans la lumière. Et pourtant. Aucun d'eux, aussi haut qu'il ait été, unique, virtuose, inoubliable ou inspiré, aucun d'eux n'a atteint le personnage. Et chacun le savait. Chacun, après une existence de travail honnête, a disparu sans comprendre. Car les rôles de sa vie avaient l'âme plus haute que la vie. Chaque comédien en disparaissant est tombé en poussière au pied du mythe.

Sur ces affiches au jaune passé, les noms des morts célèbres se mêlent aux personnages légendaires et hantent avec eux les théâtres, comme des fantômes déçus. Je les sentais autour de moi, une réverbération et un encouragement, et j'ai eu l'impression d'être dans le ventre du théâtre. D'entendre son cœur battre. Comme celui des amants pris dans la pierre. Je ne suis pas allée voir Noémie. C'était trop tard pour remonter à la surface, le hall ouvert à tous les vents. Bien trop tard. Et j'avançais, sans savoir vers quel sacrifice.

Au foyer des artistes, Ewan et les régisseurs écoutaient Gaël raconter ses débuts, sa première audition au Théâtre national de Strasbourg, pour laquelle Gérard Depardieu lui avait donné la réplique. La générosité de l'ogre face à son trac à lui, son admiration comme une entrave. Chacun riait et y allait de ses souvenirs avec Gérard, des histoires plus ou moins fantasmées, déformées au fil du temps et qui, s'amplifiant à chaque récit, finissent par devenir mythiques.

Je me suis assise et je les ai regardés. Observés comme de jolis phénomènes. J'aime leur capacité à s'étonner encore de ces fables, à s'en délecter, comme des preuves rassurantes dans leurs vies fragmentées. Ce besoin de raconter pour tenir le fil de l'éphémère. Tant de pièces jouées, tant de théâtres, de trains, de villes, de chambres d'hôtel, où naissent ces familles provisoires. Les amours violentes. Les amitiés de passage. Attachements réels et fugitifs, comme des départs de feu. Les acteurs se retrouvent avec une joie sincère et hystérique, et se quittent avec une insouciance juvénile, la tête ailleurs déjà, le cœur dispersé.

Ce qui nous unit est superficiel et vital. Mais notre vie nous la jouons seuls. Sur scène. Là où nous jouissons de notre souffrance. L'acteur rit sur commande et meurt à heure fixe. C'est un effarement jubilatoire, ressenti au creux des reins, là où le corps reçoit chaque épine de ce déchirement qui signe notre pouvoir. Ce qu'il faut pourtant d'humilité et de travail, pour oser l'atteindre.

Ce qu'il faut d'anecdotes anciennes, ressassées, plus très drôles ni très vraies, pour souder entre eux ces artistes pleins d'eux-mêmes. Ce qu'il faut d'histoires éblouissantes et inventées pour se croire pour une heure ou deux, et avant d'aller danser sur le brasier, les maîtres du monde. Comédiens soudain futiles et faussement épris les uns des autres. Mon chéri. Ma chérie. Mais tu es beau dis-moi tu es amoureux toi, non ? C'est qui ? Oh toi ma chérie, les plus beaux yeux de Paris, si je n'étais pas gay, oh là là ! Comédiens à l'élégance désespérée. Aux étreintes trop fortes. Une heure ou deux de récits affabulés, rires émus, entraînants et bruyants. La grossièreté en secours. Grivoiserie de vestiaires. On se touche. On se mêle. On se provoque un peu. Un affrontement physique et heurté. Plein d'appréhension, déjà. Ces fausses retrouvailles et ces joies forcées, vous les connaissez. Elles soutiennent les invisibles et les mendiants coupables. Elles sont la marque de nos précarités et de nos fractures.

Petit à petit, le foyer du théâtre se vide. Les gobelets en plastique gardent un fond de café et quelques mégots. Le vieux canapé déchiré ressemble à un accessoire inutile. Les notes de service à côté des mots d'encouragement, les petits cœurs griffonnés « Merde à tous, mes loulous chéris ! », sont des feuillets qui se balancent au rythme du passage des uns et des autres, coups de vent, de plus en plus clairsemés. Un oiseau qui meurt. On s'appelle encore un peu d'une loge à l'autre. On se passe un bâton de rouge à lèvres, du fil à coudre, de la laque. Puis plus rien. Que le silence. Un grand silence déployé au-dessus de la partie secrète du théâtre.

Le bar sûrement vient d'ouvrir. Il bruisse et rajeunit. On a allumé toutes les lumières dans le hall. C'est cru. Sans évitement possible. Le temps a fini par engloutir toute heure inutile et maintenant il est trop tard pour se dérober. Le rendez-vous est proche.

La robe de la Mère est noire. Longue et droite comme la douleur. Je joue cela, la Mater Dolorosa. Tant que je n'ai pas posé le voile sur mes cheveux, je peux porter cette robe comme une simple robe. L'implication est fragile. Mais sitôt retrouvé ce geste ancien de poser le voile sur mes cheveux puis de le rabattre sur mon visage, je suis entièrement habillée. Et c'est comme si je m'inclinais. La peur devient presque insupportable. Je voudrais dire des conneries. M'échapper de cette peur solennelle. Et je ne voudrais pas. Je prie en tenant fort dans mes mains la pierre ramassée à Trouville. Je dis des prières de l'enfance mais je pourrais dire un poème, un mantra, peu importe. Ce qui compte c'est de ne rien changer jamais dans les gestes et l'ordre des gestes, les paroles et l'ordre des paroles. C'est ainsi que le temps se décompte. Tandis que par les retours j'entends le brouhaha que font les spectateurs qui entrent dans la salle. Il me semble que leurs voix ne sont pas faites pour la pièce, que leur joie est superficielle. Je leur en veux d'être si nombreux. C'est une pensée idiote, je le sais. Tout ce que je pense et ressens fait partie d'une contrariété et d'une mauvaise foi gamines.

Puis, par les retours, vient l'annonce que le régisseur fait au public : « Mesdames et messieurs ». Le bref silence dans la salle. Sa première écoute. Dans les loges c'est comme un couteau. « Veuillez éteindre vos téléphones portables. » Dans les loges c'est le signal. La vérité. L'inéluctable. Après l'annonce, Étienne le régisseur vient nous chercher. Et déjà nous ne sommes plus les mêmes. Mon chéri. Ma chérie. C'est bien fini. Les plus beaux yeux de Paris. Rien à foutre. Alors Gérard m'a dit T'es le plus doué de ta génération. Assez de mensonges. « Merde. Merde à tous. » Étienne, son téléphone à l'oreille, attend le top départ pour ouvrir la première porte. On le regarde comme s'il détenait la force du monde. « On peut y aller ? » Il parle bas car en cet instant, il a nos vies entre les mains. « OK. » Il nous regarde. Un sourire plein d'encouragement et de désolation tendre. « Merde à tous. » Cette douceur peinée, cette compassion de mère poule. Il passe devant nous. Dans nos robes noires, manteaux longs, bottes hautes, voilettes, chapeaux, mains moites, yeux baissés, pas prudents, avancer dans la pénombre, ne pas louper une marche, éviter les câbles, ne pas faire de bruit, l'étrange cortège des plus fragiles, cette traversée des coulisses, conscience aiguë du danger, maîtrise de la respiration. Dans ce silence brûlant, cette peur que l'on pourrait presque toucher, il y a les siècles des siècles, tous les théâtres et le temps unique des saltimbanques, la lente procession de ceux qui depuis toujours vont simplement. Raconter une histoire.

C'était là, hier, les derniers instants de ma vie. Ceux qui m'ont menée ici, à vos côtés, sur le banc de cette gare dans laquelle le jour ne se décide pas à venir. Peut-être que cela aussi est terminé. L'alternance du jour et de la nuit, la logique de l'Horloger. Ici le temps ne se divise plus. Et c'est une liberté qui paralyse.

Hier j'étais en coulisse et j'attendais. Sur scène la pièce avait commencé, avec les rôles des Régisseurs, des Acteurs et du Metteur en scène, que joue Gaël. J'avais entendu la première réplique : « Dis donc, qu'est-ce que tu fous là ? » Ainsi commence le théâtre. Quelqu'un parle, qui n'est pas d'accord.

Nous, les six Personnages, attendons, derrière les portes de la salle. Nous allons entrer par la salle, comme le public, mais pour monter sur scène et dire notre histoire, chacun avec sa vérité et sa souffrance, dire notre histoire aux Acteurs, et les supplier de la jouer.

Vincent joue le Concierge. C'est lui qui nous accompagne, pousse les deux portes de velours rouge, il entre le premier, et nous le suivons. Égarés et flottants, comme des mendiants. Il interpelle Gaël :

– Pardon, monsieur le Directeur…

Cette réplique, comme une balle tirée dans le dos. Le public se retourne. Surpris : des acteurs sont là, parmi eux qui se pensaient à l'abri. L'ordre des choses est inversé, c'est presque illégal. Cette effraction.

Gaël, depuis le plateau, répond à Vincent :

– Qu'est-ce qu'il y a encore ?

– Ces messieurs dames demandent à vous voir.

– Mais je suis en répétition, je vous l'ai dit cent fois : personne ne doit entrer pendant les répétitions. Qui êtes-vous ? Qu'est-ce que vous voulez ?

François s'approche de la scène, cette trouée de lumière.

– Nous cherchons un auteur.

– Un auteur ? Quel auteur ?

François monte sur scène, il y court presque.

– N'importe lequel, monsieur.

– Il n'y a pas d'auteur ici, nous n'avons aucune nouvelle pièce en répétition.

Estelle rejoint François sur le plateau.

– Ah tant mieux ! Tant mieux ! Votre nouvelle pièce, ce sera nous !

Je me dirige à mon tour, vers la scène. Lentement, tenant la Fillette par la main, je longe la travée. Mais dès le début de l'échange entre François et Gaël, dès les premières répliques. Je l'ai vu.

Celui qui ne s'est pas retourné. Le seul dans le public qui ne s'est pas retourné. Pour ne pas être démasqué.

Celui qui n'a pas joué le jeu.

Je l'ai vu.

À l'orchestre. Au centre du cinquième rang – place idéale. Les cheveux noirs et la calvitie naissante. Le profil aigu. La carrure ramassée. C'est lui.

Je tiens la main de la Fillette trop fort. Je sens son bras se rétracter. Je me rapproche du plateau. Alex et David me suivent. Tous les quatre nous sommes dans ce mouvement lent, cette hésitation convenue. Je tire la Fillette si fort qu'elle trébuche. Je monte la première marche pour accéder au plateau, et je m'y arrête, ainsi que je dois le faire. J'entends Gaël et François, comme en écho. Mon corps est flou. Mon cœur à contretemps.

J'ai reconnu cet homme. Par son visage dérobé et tout ce qui en émane. Par l'entêtement même avec lequel il ne s'est pas retourné vers les Personnages, cette opposition. C'est lui. Et la pièce se déroule :

– Fichez le camp, je n'ai pas de temps à perdre avec des dingues.

– Mais n'êtes-vous pas là pour faire vivre sur scène des êtres imaginaires ?

Il me semble entrer lentement sous l'eau, dans un espace transparent et sans dimension. L'homme qui ne s'est pas retourné est celui qui m'a fait perdre, non pas la tête, non pas la raison, ni le sens commun. Mais la ligne même de ma vie.

L'homme que j'ai quitté, rayé, enterré.

Est là.

Dans les répliques des acteurs et leurs silences, dans chaque respiration. Cette ingérence.

– Mais vous voulez en venir où ?

Sa présence envahit le théâtre, du sol rouge au plafond peint, le lustre immense les veilleuses alignées les projecteurs les sorties de secours les rampes les strapontins le paradis les billets déchirés le souffle des spectateurs leurs toux leur attention leur distraction partout il y a cet homme. Comme un hold-up.

– Mais nulle part ! Je veux juste vous dire qu'on naît à la vie de mille façons, sous mille formes : arbre, pierre, eau, papillon… ou femme. Et on peut naître aussi personnage.

Dans la forêt secrète du théâtre l'homme s'infiltre. Par irradiations successives il atteint les loges le foyer les cintres ponts passerelles trappes poulies rails perches grils tubes cheminées châssis tout ce qui se suspend s'élève se glisse se hausse se cache s'attache s'ouvre s'arrime se déploie se referme, partout. Ce soleil en fusion.

Et j'entends François. Comme une sentence divine :

– Et nous sommes vivants, comme vous pouvez le voir.

Les Acteurs rient. C'est le signal. Ça va être à moi. François dit « C'est dommage que cela vous fasse rire, mais je vous le répète : nous portons en nous un drame douloureux. »

C'est à moi. Immédiatement. Violemment. François me désigne, moi, femme en deuil, immobile sur la première marche :

– Il vous suffit de regarder cette femme voilée de noir.

Huit cents spectateurs. Et moi. Huit cents regards en un seul regard, attente curieuse et innocente : comment cela va-t-il se passer ? *Comment vont-ils nous le dire ?*

François s'approche, il me tend la main. Je monte sur scène, la Fillette toujours accrochée à moi, le Fils et l'Adolescent à ma suite. Comme si j'étais plusieurs. Fragmentée. Divisée. Je viens d'entrer dans la lumière.

Je reconnais le silence qui accompagne mon entrée, depuis huit jours que je la joue. Nous sommes tous sur le plateau maintenant, et le public sait que ça commence. Le cœur de la pièce de Pirandello. La confrontation des Acteurs et des Personnages. Le récit du drame, qu'il faut bien dévoiler, la douleur qui doit être dite et écoutée. Et j'avance lentement, je traverse le plateau, le visage baissé derrière le voile, les Acteurs me suivent du regard, comme le public. Ils attendent ensemble. Ils jouent cela ensemble. Et l'homme au centre du cinquième rang est comme une entaille dans cette unité. Il est celui qui détourne la représentation. Celui qui trahit.

Les Acteurs applaudissent cette femme muette et douloureuse, sa pudeur solennelle. Ils ont envie de l'entendre. De la voir. Je reste voilée et longtemps silencieuse. La pièce pour l'instant, se parle sans moi. Mes jambes flageolent, j'ai peur que mon voile tremble, mon cœur bat dans mon ventre, au creux de mon estomac. J'entends la succession des répliques qui se dévident. Le déroulé inéluctable et immuable d'une pièce qui se joue.

Estelle affronte mon fils aîné, fils silencieux et mal aimé, puis elle me prend à témoin, et la Mère doit parler. Pour la première fois. Ma voix, pour la première fois. Je la crains. Ma réplique :

– Oh je vous en supplie, monsieur, au nom de ces deux enfants, je vous en supplie…

Je ne peux continuer. La Mère chancelle. Elle va s'évanouir de douleur. François se précipite et me soutient, il hurle :

– Vite une chaise ! Une chaise pour cette pauvre veuve !

Je puise en moi la force de donner à mon personnage la faiblesse qui le fait chanceler. Mais l'intérieur de mon corps se fragmente en silence, comme une démission lente, et je ne sais plus qui est en moi. À qui appartient cette détresse. Je sais que bientôt la Mère devra se relever. Mais que je ne le pourrai pas. Il me semble voir un accident sans pouvoir l'empêcher. En être la coupable et la victime.

François s'approche de moi, j'ai terriblement envie de vomir. Il tente de soulever mon voile. Je hurle :
– Arrête, ne fais pas ça, au nom du ciel !

Ma voix résonne en moi, mes oreilles se bouchent comme si j'implosais. J'ai peur autant que mon personnage. Je comprends le refus de la Mère car c'est une violence insoutenable que de devoir montrer son visage, quand ce visage est celui de la souffrance. J'ai peur du regard de l'homme au cinquième rang, je tente de résister. François dit :
– Je veux que tout le monde te voie.

Il soulève mon voile. Je cache mon visage, comme la Mère le demande et comme je le désire aussi. C'est pire que d'être nue. Un visage sans mensonge.

– Je vous en supplie, monsieur, empêchez-le de faire ça, je vous en supplie, c'est terrible pour moi.

Je parle et la lente dislocation continue. La Mère s'efface. La panique prend sa place. Mon rôle se dérobe. Et le cauchemar commence. Mon cerveau prend autonomie et toute-puissance. Il décide qu'à *cela*, je ne peux survivre : cet homme au centre du cinquième rang – place idéale. Cet homme dont depuis six mois je tais le nom, nie l'existence. Cette présence qui anéantit la mienne.

Mon cerveau décide et devient le maître. Il commence son orchestration. Sans hésitation. Il me fait disparaître. Les pieds et les mains, d'abord. Toutes les extrémités, il les vide de leur sang. Mes pieds se rétractent, les orteils tordus, renfoncés, dérobés. Mes doigts deviennent crochets, griffes à l'intérieur des paumes. Je sens cette prise glacée sur mes mollets, cette froideur rampante le long de mes bras. Mon corps se fragmente, durcit et se brise en cristaux, glace pilée. C'est une douleur de morsures et de fissures ordonnées. C'est une caresse qui fige le flux sanguin. Le courant de la vie s'arrête.

Et autour de moi, la pièce continue. Comme une danse dans laquelle je ne pourrais plus entrer. Je suis sur le plateau et le jeu m'est interdit. Je suis sur scène sans la toucher, dans mon habit de deuil sans pouvoir l'habiter. Je m'exclus d'une distribution d'une équipe d'une histoire d'un métier d'une passion. Je suis une apparence.

Depuis six mois, j'avais cru échapper à cet homme aimé. À son souvenir. Je voulais l'oublier lui, et aussi la femme que j'avais été avec lui. Cette femme-là, je l'avais suicidée. Une moi éblouie, puissante, que j'avais brièvement rencontrée puis enterrée à la va-vite, comme ça. Comme on tente de masquer une gaffe monstrueuse. Une erreur ridicule.

Mais l'homme oublié est posé face à moi, voile levé, visage découvert sur le plateau du théâtre. Exposée tout entière à cette barbarie.

Et tandis que je meurs et que j'ai la conscience aiguë de cette mort, conscience de son parcours et de son avancée, une autre en moi dit les mots de la Mère : « Comment ça ? Tu as le culot de dire que c'est moi qui ai eu des enfants ? Comme si je les avais désirés ? C'est lui qui m'a jetée dans les bras de l'autre, de force ! Il m'a forcée à partir avec l'autre ! »

Et cette autre en moi dit les répliques *dans l'ordre. Au bon moment. Au bon partenaire. Dans la bonne intention. Et le bon rythme.*

Une lucidité plus haute que moi-même. Je suis dans la reconstitution du rôle. Son mécanisme. Je suis chambre d'écho. Annonciatrice du texte. Disparue et présente. Muette et récitante. Mais je perds la cadence. Je m'échappe sans pouvoir me retenir. Je ne me suis pas relevée de la chaise, comme la Mère est censée le faire. Je reste assise comme un bloc de femme, et je vois dans le regard des autres acteurs le doute et l'effarement. Le sens de ce que je dis s'éloigne mais je suis imbibée toujours, du rythme, et des mots gravés comme sur une partition. Dans ce monde opaque, je ne suis plus le rôle. Mais je le parle encore.

Tout espoir disparaît quand mon visage, à son tour, devient la proie du cerveau. Il le soumet, lui aussi. Une crampe au menton, asticots rampant sous la langue l'intérieur des joues, picotements dans le nez, puis cette anesthésie légère qui diffuse sa paralysie, sensation de lèvres gonflées, de narines pincées. L'air est rare et brûlant.

Et la certitude maintenant. Que la mort m'a empalée. Que maintenant. Tout est fini. À qui le dire et comment le dire ? Je meurs ! Je meurs et je parle :

– Il m'y a forcée, oui, Dieu m'en est témoin ! Demandez-lui, si ce n'est pas vrai ! Demandez-lui de vous raconter l'histoire, toute l'histoire !

L'épée mortuaire plantée droit le long de ma colonne vertébrale, *je dis encore mon texte*. Est-ce qu'elle est épatée, la mort ? Est-ce que mon combat la surprend ? Il y a ce décalage entre ma mort et ma voix, je parle sans moi, je suis une présence orale, une agonie en deux temps.

La lame insérée le long de mes vertèbres, moi assise toujours, ne tenant plus sur deux pieds nécrosés, deux jambes bleues, je parle encore et je m'entends dire :

– Tu n'as pas honte ? Toi, ma fille, tu n'as pas honte ?

Le courant glacé que cela propage dans le dos, le corps coupé en deux par ce froid cryogénique, je continue. Amputée des jambes et des bras, asphyxiée par la panique, le cœur galopant, je parle de mariage, de femme humble, de femme du peuple. Je pose les bonnes questions dans la juste respiration. Empalée, sacrifiée, je sais encore mon texte. Dans les lignes mouvantes des répliques de mes partenaires. Dans leurs mouvements scéniques qui tournent autour de moi comme les papillons autour de la flamme. Je sais encore mon texte. Ah ! La folle ! La démente, la faillible mort ! Elle ne sait pas ! Oh mon Dieu quel vertige ! Elle ne sait pas ! Elle ne s'est pas attaquée au bon endroit ! Les pieds, les mains, le visage ! La conne ! L'irrésistible conne ! Et l'énergie nucléaire, l'intérieur soudé, irradiant, arrimé, l'intérieur d'un acteur, vieille ricaneuse ? Je l'ai, moi ! Cette force. La résistance des comédiens de théâtre. C'est *ça* !

Je suis omnipotente. Je suis dure. Je suis hystérique. Je suis sans limite. Enragée. Insatiable. Inhumaine.

Je suis une actrice.

Je peux vomir entre deux répliques. Chier en vitesse en coulisse. Pisser dans une poubelle et revenir. Je peux tousser intérieurement. Souffrir sans le sentir. Être endeuillée. Droguée. Enfiévrée. Dévastée. Saccagée. J'existe encore.

J'existe toujours !

Écoute, vieille salope ! Je dis : « Mais avant cela, monsieur, il m'avait pris mon fils. » Sans aucune faute. Sans hésitation.

Je le dis.

Parce que c'est cela que je dois proclamer. Les phrases de Pirandello ! Et toi, toi qui fauches les faibles, les démunis, les épuisés, toi ! Tu vas te confronter à *ça* : ma mission ? Les mots du génie qui me sont dévolus ? On m'a choisie, élue pour être là ce soir, et dire les mots, et l'espace entre les mots, alors même sans pieds sans visage et sans bras, je les dirai.

Même sans moi, je les dirai.

Et ma dernière réplique : « Est-ce que vous me croyez, monsieur, si je vous dis que pas un instant je ne me suis doutée que si cette femme horrible me donnait du travail, c'est parce qu'elle avait des vues sur ma fille ? »

Je l'ai dite.

Moi. Femme-tronc gueule cassée paralysée suante et blême. Moi. Sous l'armure la blessure le démantèlement. Moi sans visage sans sang sans souffle. Je l'ai dite.

Et la disant, j'ai su que j'avais perdu. Car je l'ai dite comme une dernière volonté.

Reddition sans orgueil.

Voilà.

J'étais allée jusqu'à la fin de la première partie de la pièce. Mais le texte achevé, il n'y avait plus rien pour me retenir. Je n'avais plus de prise.

Et lorsque Gaël a annoncé qu'il se retirait un instant avec les six Personnages, quand Estelle et Alex m'ont relevée et soutenue et traînée. Quand tous les sept, nous sommes sortis de scène.

J'ai su qu'on était mortes *toutes les deux*.

L'actrice. Et la femme.

C'était fini.

Le cerveau avait gagné. J'étais morte. Suspendue dans cet étonnement brutal, la situation nouvelle, surprenante et inéluctable. Déposée au cœur du désert. Sur un lit posé en vitesse dans ma loge.

Je sentais tout autour les mouvements des corps, les voix en écho dans les couloirs, les loges, le brouillard chaud qui tournait autour de mon corps mort. Je sentais cette vibration colorée, cet engorgement d'effroi et de décisions urgentes, tout cela qui se bousculait et se chevauchait, un désordre. Un désastre.

Et puis ce verre d'eau glacée jeté sur mon visage. La douleur du sang qui se remet en marche et pourtant. Il n'y avait plus rien à faire car je dérivais depuis trop longtemps, j'étais allée trop loin déjà. J'étais une autre.

Le visage du docteur au-dessus du mien avait beau me sourire et il avait beau me dire « Mademoiselle, franchement, est-ce que j'ai l'air inquiet ? », je savais sur quel seuil ouvert je me tenais. Je savais qu'à quelqu'un qui meurt on ne crie pas « Mais tu crèves ma chérie ! ». Non. On dit ça, exactement : « Mademoiselle, franchement, est-ce que j'ai l'air inquiet ? » Avec le sourire neutre de celui qui parle de ce qu'il ignore. Moi, je me savais disparue.

Lui était un novice. Un bleu. Un étranger à la mort. Et dans son innocence magnifique il a osé cette réplique de convenance : « Il faut rentrer chez vous et vous coucher. »

C'était mieux encore que le verre d'eau glacée jeté au visage. Mieux qu'une gifle. Mieux qu'une chute en pleine course.

Rentrer chez moi et me coucher ! Me cacher, tu veux dire ! Me cacher et puis crever complètement, crever enfin.

Sortir du théâtre. Pour *rentrer chez moi*. Ce conseil que l'on adresse aux autres. Ceux qui ne connaissent pas le sacré. Ceux qui ne prennent pas vie sur les planches. Ce conseil assassin. « Rentrez chez vous. » Une malédiction.

« Rentrez chez vous. »

Et la vie est revenue. Par le soupirail de la souffrance. J'ai pleuré. Violemment. Salement. Pleuré par le nez, la bouche, les épaules, le ventre. Pleuré en chutant indéfiniment. Pleuré en gueulant en hoquetant en paniquant. Pleuré sans pouvoir me rattraper, m'accrocher à une paroi, un espoir. J'ai pleuré comme si je n'avais jamais pleuré. J'ai pleuré comme si j'avais ce torrent en moi depuis quarante-sept ans et que personne avant cela n'avait ouvert la vanne.

J'ai pleuré pour la première fois.
Et c'était si long.
Ça ne s'arrêtait pas.
J'étais prise par la douleur. La douleur m'a violée.

Ils ont annulé la représentation.
À cause de moi.

Le public a reflué au-dehors. La vie s'est retirée. Chacun a été rendu à la nuit froide, la brume incertaine, et l'attente à la station de taxis, sur les quais du métro. La soumission habituelle aux inévitables déceptions. Ce que l'on nomme, résigné : *l'ordinaire*.

Le théâtre est devenu ce silence d'apocalypse. Un espace asséché. Le théâtre est devenu suspect. Clinquant. De la poudre de perlimpinpin. Puisqu'on pouvait faire cesser cela : la représentation. Puisque c'était faux : ici la vie n'était pas plus haute que la vie. Le lieu était profane. Et tous ses secrets de pacotille. Des tours de passe-passe. Puisqu'on pouvait dire à un acteur de rentrer se coucher, alors la machinerie du théâtre aurait pu être celle d'un navire ou de n'importe quel véhicule. On aurait pu être dans un garage, un hangar ou un entrepôt. Régisseurs. Machinistes. Devenus de simples « gars ». Qui bossent et font leurs heures. Actionnent des poulies et envoient des effets comme d'autres poussent des diables ou chargent des caisses. Le théâtre dépouillé. Immense carcasse à nu. Et la parole de Pirandello, puisqu'on pouvait la faire taire, n'était plus que de l'encre dans des livres fermés. Une nécrose.

Ils ont éteint les projecteurs. Bruits secs. Brisures noires. Ils ont rangé le plateau. Remisé les accessoires. Donné les costumes à laver. Avec hésitation. (Les acteurs n'avaient pas sué assez, la peau des personnages n'avait pas assez collé au tissu, cette odeur aigre de la peur combattue n'avait pas assez coulé.)

Ce n'était plus du théâtre. C'était une simple fête gâchée. La déception violente, la rage profonde de tous ceux qui ont remis leurs habits de ville. Leurs chaussures de civils. Sans s'être battus.

Balançant entre des sentiments contraires. Me haïr ou me plaindre. Me haïr de me plaindre, devoir en être là, me consoler moi qui étais coupable. Pardonner mon péché alors que je portais la souillure ineffaçable.

Je portais le silence du théâtre et la défaite de chacun. Et dans cette conscience du carnage, soudain, tout m'a quittée. Les larmes. La peur. La douleur. J'ai pris une douche et je ne sentais pas l'eau. Je n'avais plus de peau. J'étais faite d'une matière inerte, sans contour, sans secret, rien d'humain, comme un gros caillou sans valeur. Je bougeais sans mouvement. Je n'avais pas plus de réalité qu'un cintre nu. Une boîte de poudre de riz. Les cotons dans la poubelle. J'ai vu mon visage dans la glace. Il ne voulait plus rien dire. Il n'était ni vieilli ni changé. Il était fait d'incohérentes parties mortes qui n'allaient pas ensemble. Les proportions étaient fausses. Les couleurs n'étaient pas les bonnes. Un vert saumâtre, un blanc grisé, mal mélangé. On aurait dit que mon visage s'était écrasé quelque part, sur une surface sale et contondante. Une laideur indéfinissable.

Je revenais d'où ?

Regardant ce visage dans la glace, je me suis posé cette question. Puisque je ne voulais pas : rentrer chez moi et me coucher. Puisque je ne savais pas où aller. Je voulais au moins savoir cela : *je revenais d'où ?*

Par sa seule présence au centre du cinquième rang – place idéale –, l'homme jamais nommé, et qui n'avait jamais cessé pourtant de porter et d'être son prénom, cet homme m'avait anéantie. Dans un lieu inviolable. C'était un homme sacrilège. Sans crainte ni religion. Mais moi, qui m'étais unie à lui ? Moi, qui venais d'échapper à la mort ?

Je n'avais plus de certitudes, plus de place, plus de fonction, le cœur et le cerveau pareillement dissipés. Je ne rentrerai pas chez moi, aucun lieu de confort ou d'intimité ne pouvait accueillir cette femme dépossédée. Alors, avant d'arriver dans cette gare, j'ai marché dans la nuit de Paris. Marché longtemps, comme un animal désorienté. Une dérive lente dans un brouillard qui donnait aux rues des contours disparus. Une ville entre la fiction et le réel. Une ville où poser un peu de fatigue et de reddition, après l'étreinte furtive de la mort, ce duel que j'avais fini par remporter.

Puisque vous m'écoutez encore, sachez que j'ai d'autres choses à vous dire, parce que l'histoire, l'histoire avec cet homme, notre petite tragédie assassine, vient de loin. Vous que l'immobilité a gagné, vous savez que nous venons tous de naufrages, nous avons tous couru avec la mort et j'ai passé, moi aussi, ma vie à la combattre. J'ai été ce nourrisson bleu étranglé et ranimé. J'ai été cette fillette noyée repêchée des eaux. J'ai été cette enfant malade, interdite d'école, quel bonheur c'était. Je suis tombée doucement dans la maladie, espace émollient et ouaté, un rêve infini. Je me suis glissée dans les draps sous les couvertures en mohair que mes parents vendaient si cher. J'ai fermé ma porte et j'ai ouvert les livres. Découvert le plaisir solitaire. Il ne me manquait rien. Ça s'agitait autour de moi, des obligations à n'en plus finir, la vie pressée et contrainte, et plus ça courait d'un point à l'autre, plus la petite alitée, si courageuse, si secrètement comblée, lisait, l'une après l'autre, les lignes d'encre qui dessinaient les mondes.

Cure de lecture. Flottement hors des douleurs familiales, les larmes de ma mère, la neurasthénie de mon père, et mes frères entre les deux pour ranimer la flamme de ce qui n'avait jamais été : un amour conjugal. Je les ai laissés, ces chevaliers tristes, combattre les moulins à vent. S'épuiser dans cette défaite.

La mort avait inscrit des taux menaçants sur les feuilles des laboratoires et j'ai feint d'être affaiblie par cette loi incontestable des chiffres. À la vérité j'ai puisé tant de force dans les livres, que lorsque j'ai soulevé la couverture de mohair pour retourner dans le monde, j'avais appris que face à la mort, il fallait ruser. Être souple pour passer entre ses filets. Sa présence était constante, comme le noyau au cœur du fruit, c'était une promesse. Mais la mort est une actrice qui se méprend sur son emploi. Elle pense avoir celui de la reine ou de la déesse, elle a celui de la soubrette. Indispensable servante et secrète entremetteuse. Pas plus. Pas pour moi.

Mais ce soir, hier soir, elle s'est octroyé le premier rôle. Elle a placé au centre du cinquième rang – place idéale – l'homme idéal. Celui que j'avais nié sans l'oublier. Occulté sans le quitter. Le porteur de vie. L'amoureux. Pas un jeune premier, non. Un homme d'âge égal au mien. De force égale. Un sans morale et sans loi. Un fait pour moi.

Je l'avais rencontré avant de le regarder. Je l'avais reconnu et aimé avant de le connaître. Les magazines appellent ça « un coup de foudre » et le déclinent en différents stades, qui parlent au mieux d'inconscient, au pire de taux d'hormones aux noms étranges, de processus en trois étapes et de scénario écrit à l'avance. C'est le triste monde des rubriques. Poésie de dictionnaires. Chambre de dissection.

Écoutez, si le coup de foudre, cet amour à vivre qui vous a fécondé en secret, cette fusion de deux êtres qui ignorent jusqu'à leurs prénoms et leur place dans le monde, si cet événement est possiblement analysable entre les lamelles des microscopes, alors c'est que l'homme n'est rien qu'une somme d'atomes. Rien qu'un amas. Une addition. Une mélasse. Un ectoplasme. Et je me demande alors ce que nous cherchons à atteindre lorsque nous travaillons Alceste, Hamlet, Lucrèce ou Camille. De quels gouffres ils nous menacent. De quelles terreurs ils nous gardent.

Eux qui contiennent plus que nous-mêmes, héros de légende, dieux des planches, passions de comédiens, couronnement de nos vies. Eux qui nous désignent la passion comme humaine défaite, possession supérieure. Ils nous regardent, à l'instant même, vous et moi, nos mondes séparés et nos souffrances dissemblables, et pourtant. Je parle. Et vous restez là. Vous faites vous aussi la connaissance de l'homme sans morale.

La première fois que mes yeux l'ont vu, c'était dans une foule nocturne, sono à fond, amis éparpillés sur les sofas, dansotant au milieu du salon, buvant des vins millésimés, des champagnes frappés. La première fois qu'on me l'a présenté, désigné lui, parmi tant d'autres, dans cette multitude où chacun, connu ou inconnu, se claque la bise avec une simplicité étourdie, la première fois, je lui ai tendu la main. Sa surprise, son presque mouvement de recul devant cette distance, main et bras projetés dans un espacement hygiénique, hiérarchique, un choc déjà, le premier. La différence qu'instantanément je mettais entre lui et moi, entre lui et les autres, celui que je n'embrasserais pas avec cette décontraction forcée. Cet homme. Mon premier refus.

Il a serré ma main tendue. Bonjour. Bonjour. Je te présente Paul. Nelly. Enchantée. Je dis ça. Je dis « Enchantée ». Représentante d'une société policée. Et je m'en vais. Cherchant des yeux ce qui, dans le salon sombre, multicolore et multiforme, pourrait me ramener dans une zone neutre. Un secours quelque part, près du buffet peut-être. Les retrouvailles souriantes, exclamations, fraternités et déconvenues éparses, se parler par-dessus la sono et par-dessus les épaules des uns et des autres chercher toujours, quelqu'un d'autre.

C'est tout.

C'est comme ça que s'est inscrite l'histoire. La grande histoire. H. Majuscule. Scène initiale. Serrer une main inconnue. Et dire « Enchantée ». Sans savoir.

Ce que cette main.

Ce qu'elle sera.

Comment elle m'appartiendra.

Où elle s'insinuera.

Enchantée.

Paul.

Nelly.

Nos deux mains déjà.

Fulgurant courant électrique.

Trop tard.
Paul.
Nelly.
C'est déjà commencé.
Enchantement.
C'est parti.
Écrit quelque part.

Je l'ai revu le jour d'après. Un lendemain de fête où se retrouvent les plus esseulés, les couples nonchalants, les divorcés sans garde d'enfants, les voyageurs de passage, l'agréable compagnie des gens délassés. C'était un dimanche aux nuages distraits, un temps paresseux pris sous le souffle d'un vent tiède, et nous étions tous indolents, vaguement embrumés. Légère gueule de bois et manque de sommeil dans lesquels se puise une décontraction spontanée.

Il était là. Et impossible cette fois-ci de ne pas voir l'exacte couleur de ses yeux, un noir envahissant la pupille, un noir comme maquillé, une brillance au bord des larmes, et par-dessus ce noir laqué, ce noir calligraphié, les cils comme ceux des filles, trop longs. Un regard de théâtre, j'ai pensé. Naturellement éclairé. Et impossible cette fois-ci de tendre la main et d'être « enchantée », impossible d'ignorer que cela ne va pas être simple, que cela commence et s'est mis en marche, mais quoi exactement qu'est-ce qui se déroule, qu'est-ce qui se répète. La pièce connue, le texte appris dit pour la première fois car c'est bien cela qui est en jeu c'est bien cela que nous cherchons lui et moi dans cette rencontre : *pouvoir vivre pour la première fois* ce que nous avons déjà vécu plusieurs fois.

Et tous autour le savent. La cérémonie se veut innocente et amicale, mais nul ne peut ignorer la tension permanente, l'émotion qui circule entre deux êtres qui vont oser.

Bientôt.

Dans une heure.

Une minute.

Un mois.

Bientôt.

Être l'animal l'un de l'autre.

On grignote et on boit. On fume, fenêtres ouvertes, et le vent tiède fait battre les rideaux. On parle de mille choses qui n'ont aucun rapport avec ce qui se joue, là, sous les yeux de l'assemblée. Et c'est bien. Il faut maintenir dans une zone supportable ce qui ne l'est pas. Ce qui pourrait faire défaillir Paul et Nelly dont les mains savent maintenant ce qui les attend. Leurs respirations s'accordent à celles des autres, manger, boire, rire un peu, susciter les désaccords superficiels qui lancent les conversations, gueuler pour le plaisir de l'outrance et la réconciliation immédiate. Et pourtant. Eux deux. La gorge sèche, le ventre noué, la palpitation de l'artère au creux de la gorge, qui bat si fort, comme un petit cœur déplacé, et près de la tempe à la naissance des cheveux, quelques perles de sueur.

Aller vers cet homme ça n'était pas chercher le sens de la vie. Mais vivre l'état extrême de la vie. Et oublier tout ce que je savais. Tout ce que nous savions tous deux, à nos âges. Ce que nous avions accumulé de désillusions, d'appréhensions et de faillites. Le besoin de se rejoindre plus fort que tout. Sa vie conjugale – puisque malgré les apparences il y avait une femme et depuis si longtemps, et qui jamais ne l'accompagnait (« Une femme ce n'est pas un sac à main on ne la prend pas pour sortir le soir », m'avait-il dit un jour, dans une de ses expressions sincères et obscènes) puisqu'il y avait des enfants, quatre, puisqu'il y avait de l'argent en commun, et tellement que ce couple qu'il formait avec cette femme – qui donc n'était pas un accessoire –, tellement d'argent, dis-je, que ce couple ressemblait à une start-up victorieuse.

Tout cela, que j'ignorais, je le savais déjà. Dans ces remous, ces mouvements lumineux qui se transmettaient de lui à moi, au milieu du brouhaha amical, de plus en plus éméché et détourné de nous deux, couple en formation, ébauche de souffrances à venir, dans ce sortilège qui a pour nom l'amour, je savais déjà. Le prix à payer.

Nous avons fait. Et vécu cet amour. Je le nomme ainsi. Amour. Puisque dans ces instants au bord de la perte, nous avons donné et possédé ce que nous avions de plus cru et de plus sincère, de plus dangereux et de plus osé, l'intérieur de l'intérieur de nous-mêmes, avec son cortège de déclarations effarées et de décisions folles : nous vivrions ensemble, il quitterait tout : femme, enfants, démantèlement de la start-up, éparpillement des richesses, puisque plus rien alors n'avait de valeur, plus rien ne pouvait tenir face à la hauteur de la vague.

Je le nomme ainsi. Amour. Parce que c'est le seul orgueil qui me reste, la seule chose que je suis arrivée à sauver dans cette mise à mort mutuelle : la vérité de ce qui a été. Je le sais. *J'y étais.*

Dans la confrontation des forces. Et l'aveu des faiblesses. Dans le prestige des sentiments et cette sexualité sans limite qui me rompait à moi-même et nous reliait ensemble. Dans notre amour qui, se vivant, agonisait. S'imaginant, se dérobait. Puisque c'est là que nous avions décidé de nous tenir, dans ce déséquilibre constant, cette appréhension de la rupture, anticipant la perte de l'autre, nous redoutions et espérions tout. Dans cette fuite hors du temps, ce fracas de violence et d'extase, nous aimions peut-être les risques qui nous menaçaient.

Nous jouions serré.

Avec la destruction.

Et la fusion possible.

Balançant entre ces deux pôles, en haut, en bas, agnostiques un jour et suppliants le lendemain. Désespérés et pleins de jubilations.

C'était un temps extravagant.

Un temps où la dévoration physique de l'autre s'accompagnait de sa disparition possible.

Un temps où les aveux les plus sincères étaient susceptibles de tomber dans l'oubli.

Où les promesses pouvaient paraître mesquines ou irréelles.

Où le don semblait plus effrayant que le refus.

Tout ce qui nourrissait cet amour nous filait entre les doigts, comme si rien ne pouvait se bâtir, trop près du ciel. Pureté asphyxiante. Étouffement inévitable.

Nous restions parfois des jours, des semaines, sans nous voir. Entravés par une absence qui ne nourrissait pas toujours le désir mais l'abîmait, nous soufflait malgré nous la cohorte des reproches, des désirs enfouis et des regrets. Que nous tairions pourtant. Nous voulant tellement au-dessus de ça. Les parlotes amères et les exigences mesquines. L'aveu des illusions déçues. C'était pour les autres. Les minuscules et les radins. Les faiseurs d'embrouilles, les calculateurs. Nous étions au-dessus : l'Olympe, le Paradis, le septième ciel. Disions-nous.

Mais nous n'étions au-dessus de rien.

Puisque après avoir fait l'amour tant de fois et avec tant de désordre, de convulsions et de consentement, puisque après avoir déroulé cette liturgie païenne et sublime. Puisque après nous être promis la joie perpétuelle et la vie éternelle. Nous nous sommes quittés.

Quittés l'un l'autre.

Et quittés nous-mêmes.

J'ai été le but. Le manque et le comblement. Le moteur et l'espoir. Le secours et le réveil. J'ai été celle que l'on choisit, que l'on attend, j'ai été une lumière aveuglante un corps indispensable un rafraîchissement une récréation un objet de jouissance un déchirement perpétuel un grain de sable un empêchement un gros problème un poids une tombe une sorcière une pierre autour du cou un suicide programmé.

J'ai été l'impossible.

Et le désastre.

Et un jour, je n'ai plus joué aucun de ces rôles. Un jour nous nous sommes séparés sans nous salir les mains. Exécution civilisée. Cet amour portait en lui la promesse de sa destruction, et nous nous sommes séparés, chacun emportant dans sa gueule la part de l'autre, un peu de sa chair et de son âme.

C'est à peu près cela, l'histoire avec l'homme idéal dénommé Paul.

Un jour j'ai murmuré « Tu as trop mal. Retourne avec les tiens ».

Il a répondu.

Je m'en souviens.

Au téléphone.

Dans le souffle de l'attente. Immensité des secondes.

Il a répondu

« Merci. »

Je ne savais pas que la mort pouvait avoir tant de tenue.

C'est tout. Vous qui m'avez écoutée, vous pouvez m'oublier à présent. Oubliez tout ce que j'ai dit, vous en avez le droit. Jetez l'histoire aux orties, noyez-la dans la vinasse. Oubliez celle qui n'existe plus. Celle qui plus jamais n'entrera dans la lumière. Tenez, dix euros, le joli billet rose, je le pose là, près de votre visage, dans le creux du sac de couchage. Vous avez l'habitude, on dirait. Ça marche souvent, cette écoute comateuse, cette présence sourde ? Chaque nuit un égaré vient dévider à vos pieds son chagrin immense ? Un job comme un autre, n'est-ce pas ? Chacun sa fonction. Je pose le billet, et je peux toucher vos cheveux. Je ne jouerai pas ce soir. Je peux frôler les microbes me frotter aux dangers. Je n'ai plus rien à perdre. Plus rien à vivre. Je m'en fiche. C'est fini. Gardez-le, mon drame douloureux. Je m'en fiche. Je pose un doigt sur votre crâne, le haut de la pommette, les sourcils percés, on annonce des horaires de départ, maintenant, quelle heure est-il, les noms de toutes ces villes où vous n'irez jamais. J'ai touché vos cheveux. Dégueulasses. Dites-moi que c'est dégueulasse, ces dix euros près de votre visage. On mérite mieux que cette humiliation vous et moi. Vous comprenez ? En quelle langue vous comprenez ?

Mes fils ils font comme vous, en ce moment. Ils dorment. C'est sûr. Ils ignorent ma chambre vide. Ils font confiance. C'est terrible à quel point les enfants nous font confiance. Comme si la maternité nous rendait infaillibles. Et pourtant, il suffit d'un rien. Un homme qui n'est pas eux. Un homme qui passe et leur mère n'est plus leur mère. Juste une femme qui hurle de douleur. Qui meurt sur scène. Et couche dans les gares. La toute-puissance des fils et de leurs mères. Anéantie comme ça, par un homme croisé dans une soirée, c'est vite arrivé, n'est-ce pas, la chute ? Ah, ce n'est pas à vous que je vais dire ça, d'ailleurs à vous je ne vais plus rien dire. J'ai touché vos cheveux, vous êtes glacée. Ce sont des cheveux de fille, j'en suis sûre, rasés, mais de fille. Verts. La couleur qui porte malheur au théâtre. Vous ne devriez pas. Vous ne dites rien ? Vous ne bougez pas ? Vous êtes moins dangereuse qu'un bagage sans surveillance, alors. Moins suspecte qu'un objet. Vous m'avez sauvé la vie. Peut-être pas. Vous m'avez sauvé la nuit. C'est déjà beaucoup. Je vous remercie. Vous. Qu'aucun regard. Aucun spectateur jamais... J'ai presque envie de vous applaudir. Je ne le ferai pas. Je ne suis pas folle. Je vous bénis, alors. Deux doigts dessinant la croix sur votre front. Comme sur le front de mon père. Dans son costume du dimanche. Son cercueil de chêne. Adieu bel ange, toi qui fus ton ennemi permanent, adieu...

Elle se retourne brusquement. Son regard est rond, aucun cil ne le borde plus. C'est un bleu ancien, comme une porcelaine cassée, plein d'une méchanceté apeurée. Il y a dans ces yeux posés sur moi une volonté de tenir. Son regard vacille entre l'injonction et la haine.

– Vas-y.

Elle dit ça, je le sais, je le vois. Elle donne l'ordre. Qui sonne comme une insulte. Un cri de guerre. Et puis elle tourne son visage et l'enfouit sous le sac de couchage. Elle disparaît. Je suis seule. Je recule lentement. Je quitte cette inconnue, fille ou garçon, prophétesse ou harpie, qui me chasse et m'oublie.

Et je suis rendue au jour.

Je devine les locomotives à l'arrêt, leurs gueules effarées. Un oiseau a chanté avant de se poser sur la barre métallique au-dessus de l'horloge. 5 h 13.

Il y a peu de monde. Gare de l'Est.

Et soudain, je pense à mon père. À sa vie qu'il n'a pas jouée. Et cette vie sans rébellion m'emplit de chagrin. Cet homme, magnifique personnage tragique, second rôle timide qui ne savait pas qu'il pouvait parler aussi fort que les autres… Qu'y avait-il à l'autre bout de la plage, papa ? Y avait-il la solitude, la tentation du suicide, ou celle d'autres hommes ?

Dehors les brasseries sont allumées, il y a des pointes de lumière au bord des fenêtres, 5 heures et demie bientôt, un mercredi de février, des pigeons marchent près des bouches d'égout, des mouettes s'agitent au-dessus d'un marché couvert, ça sent le poisson et la mandarine.

Ça sent le froid et les pots d'échappement. L'eau des trottoirs, le café et le pain, le métro et l'épice amère. Ça sent la rue et la sauvagerie de la rue. Le combat quotidien.

Je vais chez lui. Le pied-à-terre parisien, la garçonnière. J'obéis à l'injonction. J'y vais, oui. C'est ce qui m'a été ordonné.

« Mais dis donc qu'est-ce que tu fous là ? » Il dira ça peut-être. Lui qui a osé. Venir en cachette. Se poser au milieu du public comme un attentat. Il savait que je le verrais. Au centre du cinquième rang. Il le savait. C'était un rendez-vous. Les mots de Pirandello vibrent en moi comme une rengaine :

– Je veux que tout le monde te voie.

– Je vous en supplie, monsieur, empêchez-le de faire ça.

– Je veux que tout le monde te voie.

– Je vous en supplie.

– Je veux que tout le monde tout le monde te voie tout le monde je veux que tout le monde te voie.

Dans la lumière. Ou dans la nuit. Dans l'intimité ou dans la foule. Partout nous étions vivants. Partout nous étions seuls. Les autres n'étaient là que pour refléter notre joie, renforcer notre complicité. Dans un bar minable où la télévision diffusait un match, au bord du canal envahi de jeunes gens, près de ceux qui hurlaient leur joie, criaient une défaite commune ou fumaient des joints en rêvant d'évasion, nous étions le centre autour duquel valsait le monde. Ce monde dans lequel nous nous engouffrions avec le désir d'un verre de vin et l'impatience de remonter au studio, différant cette urgence, la contemplant dans le regard amusé, passionné et heureux de l'autre. Je veux que tout le monde te voie. On ne s'asseyait pas face à face.

Mais côte à côte sur la banquette de skaï usé. Et l'on se parlait à l'oreille. Les mots crus et vrais qui disent l'amour vorace et possessif, les sensations et les aveux chuchotés dans un souffle qui en renforçait l'impudeur. Je veux que tout le monde nous voie.

Je m'arrête pour chercher dans mon agenda son numéro de téléphone. Paul… Paul… Ça resurgit comme un noyé ancien. Je n'ai plus l'habitude de ce nom de ce numéro je n'ai plus l'habitude de cette association autrefois compulsive. J'envoie un sms : « Code ? »

Et j'attends.

Ça tape partout en moi, et c'est bien. J'aime cette peur terrible, ce mal que me fait déjà, cet affrontement. Je ne serai pas. Polie. Discrète. Compréhensive. Il n'aura aucune raison cette fois de me dire : « Merci. »

Nous allons jouer l'acte manquant. La scène de la rupture. Nous allons clore cette histoire, et ça ne sera pas dans la grandeur d'âme. On naît dans le sang et la merde. On meurt pareil. L'hygiène et les mains propres, c'est de la science-fiction, de la robotique, de la virtualité.

Le jour se lève à peine. Il y a des ombres au bas des immeubles, des ouvriers étalent du bitume au bout d'une ruelle, c'est une odeur brûlante. Leurs casques jaunes et leurs blousons fluo dans le matin naissant. Mon portable sonne. A335B.

A335B.

Ça veut dire Viens.

A335B.

Ça veut dire J'existe encore je suis d'accord je t'attends c'est la bonne adresse je suis Paul et rien n'a changé je m'appelle pareil et l'adresse est la même tu connais c'est le lieu où l'on s'est promis l'éternité. A335B.

J'appelle un taxi. Il s'arrête. Je monte. Je dis l'adresse. Il y va.

C'est terrible. La simplicité de tout cela.

La phrase de Pirandello cogne en moi : « On ne donne pas impunément vie à un personnage. » Cette histoire pas finie est plus grande que nous. Cette histoire va finir.

Je demande au taxi s'il peut baisser la radio. Les déclarations politiques entre deux publicités. C'est trop de laid tout de même. Pour un moment si exceptionnel.

Mon moment.

Et je retrouve le quartier, ça me saute à la figure, le bistro – notre bistro. Notre canal, notre boulangerie, notre restaurant, notre pharmacie, notre passé. Qui n'a pas bougé et se tient là, planté au cœur de Paris. Je me sens trahie par ce paysage qui n'a pas disparu avec nous. Nous n'avons creusé aucun manque. Le taxi s'arrête devant le bon numéro ça fait douze euros cinquante, ce n'est pas une course très chère. C'est une histoire beaucoup plus chère que ça, c'est une tragédie. Est-ce que vous savez, monsieur, que je sors du coma ? Six mois. Vraiment, six mois de coma. Et alors ? Et alors je ne me souviens plus de RIEN. Vous imaginez ça ? Laissez tourner le compteur, je paierai, il faut que je vous raconte, j'ai vécu six mois de ma vie sans... comment dire ? Sans y être. Vous avez déjà connu ça ? Cette absence ? Non ? Ça ressemble à du vol, à une feuille blanche, un bâillonnement, un... Vous ne pouvez pas comprendre. Gardez la monnaie. Merci oui vous aussi vous aussi.

A335B.

La porte est légère c'est surprenant. L'odeur de cendre froide dans le hall d'entrée, le concierge fume toujours autant c'est écœurant tiens ils ont refait la peinture c'est plus propre ah oui vraiment, les escaliers je ne les avais jamais montés seule toujours avec lui il me laissait passer devant et la première fois j'avais le trac et la phrase de Truffaut ou je ne sais plus de qui, qui a dit « Le meilleur dans l'amour c'est quand on monte les escaliers », bon je vérifierai sur internet c'est pas Guitry c'est pas… En tout cas c'est faux ça n'est pas du tout le meilleur moment là c'est le pire il faut bien le dire bon, c'était trois hein, trois étages ah… c'est là … la porte… qui s'ouvre… toute seule…

J'entre. Dans le lieu disparu qui resurgit. Paul est derrière la porte presque contre le mur, il me guettait alors il a entendu il a reconnu mes pas ?

Il referme la porte et je le vois.

Je le regarde.

Les yeux noir laqué. Une nuit lumineuse.

Il me regarde.

Nous deux l'un en face de l'autre.

C'est tout.

Notre présence simultanée. La possibilité soudaine de nos vies ensemble. Cette réalité à couper le souffle.

Tout doucement il s'approche tout doucement nos corps l'un contre l'autre à peine avec cette peur que l'on se brise peut-être cette étreinte timide et tendre et c'est la même odeur de peau, la même courbe de la nuque contre mon visage la même épaule avec la clavicule cassée mal ressoudée, on retrouve cette place habituelle, l'un contre l'autre, cet emboîtement évident, mais on ne va pas pouvoir rester tout le temps comme ça il va falloir se détacher.

Pour se parler.

Mais ça continue l'embrassement muet, je sens son cœur très fort nos respirations l'une contre l'autre il a un peu grossi il a pris un peu de ventre, moi toujours aussi maigre aussi rongée de l'intérieur, mais lui il semble plus petit avec ces kilos en trop, il va bien falloir arrêter cette étreinte, ordonner à nos bras nos visages de se reprendre, reprendre la solitude et l'autonomie. Qui va oser ? Rompre cela dont j'ai tant rêvé : être *ici. Comme ça.* Dans un film, le réalisateur aurait déjà gueulé de couper, d'ailleurs non, dans un film les deux là, on leur aurait calé une chorégraphie, je te dis pas, vite vite ! On arrache ses vêtements, comme vous voulez, les siens ou les tiens ou les deux, comme vous le sentez vous vous déshabillez à moitié et en vitesse et sans jamais cesser de vous embrasser mais avec la langue oui c'est compliqué c'est ça qui est bouleversant le désordre le chaos le désir très fort après vous faites l'amour debout enfin vous faites semblant et toi dès qu'il te pénètre enfin il fait semblant tu jouis enfin tu fais semblant c'est une scène assez courte.

Ah oui.

Le problème.

C'est que là.

On n'arrive pas. À faire semblant.

On n'arrive pas à être pressés. Désordonnés. Ce n'est pas une chorégraphie. C'est une trêve. Une reconnaissance muette et animale, un territoire retrouvé. Et tout doucement, pour ne pas effacer déjà l'empreinte, on s'écarte l'un de l'autre. Il fait froid.

« Tu veux un café ? » Oui un café non un thé plutôt tu ne sais toujours pas le faire ah… Un rire à moitié. Enroué. Il ne sait pas faire le thé. En fait non, je n'ai pas soif, je suis fatiguée. Je vais m'asseoir tu permets sur le nouveau canapé. Ah. Celui-là… Il est propre. L'autre. On l'avait pas mal dégueulassé, hein, c'était dégueulasse. Dégueulasse. Comme le thé que tu ne sais pas préparer. C'est pourtant pas difficile.

Nos voix ont changé. Elles sont basses, prises dans une émotion serrée, des mots contraints, difficiles. C'est difficile de commencer la partie. Se tenir, et ne pas oublier le but de ces retrouvailles : ordonner la fin de l'histoire.

– Pourquoi tu es venu voir la pièce sans me prévenir ?

Il s'agenouille devant moi, le seul homme que je n'ai pas haï d'être à genoux, le seul qui avait cette gentillesse terrible mariée au désir terrible et puis la hardiesse et les ordres dits si doucement mais auxquels il était impossible de se soustraire. Il s'agenouille, tient mes jambes et me regarde dans les yeux en souriant, instantanément retrouve cette attitude ancienne, cet air amusé, cet œil gourmand c'est le même, je reconnais son aplomb, son naturel époustouflant, cet homme si vite à l'aise, si innocemment cruel.

– Mais je t'ai prévenue, Nelly. Je t'ai écrit. Je suis venu au théâtre et j'ai déposé le mot. La fille à la caisse m'a dit qu'elle te le donnerait.

– Quel mot ?

– Mais pour avoir ton accord. Te prévenir que je viendrais.

« Non mais puisque je vous dis que c'est son cadeau d'anniversaire ! D'a-nni-ver-saire ! Alors hier, quand il a ouvert l'enveloppe, j'ai vu que j'avais pris les places… »

– Je l'ai pas eu.

– Le mot ?

– Je l'ai pas eu ! Il y avait une folle à la caisse ! Elle… Elle s'était trompée ! C'était le 25 février l'anniversaire de son fils ! C'était pas le 25 janvier ! Alors lui, quand il a ouvert l'enveloppe…

– Ne crie pas…
– Je crie si je veux !
– Oui. Si tu veux.

En tournant le visage je l'ai vu. Celui que je ne voulais pas voir. Celui qui surgit à chaque fois qu'avec Joseph, je tente de « passer à autre chose ». Sans jamais dire d'où je viens, de quel chagrin, la déchirure cachée sous mes deux mains pleines de sang. Le lit. Blanc. L'autel. La scène. Le troisième personnage. Ce lit je le connais dans tous les sens, je sens encore sous mes doigts les rebords du matelas auxquels je m'accrochais, sur le ventre, la tête dans le vide, ne pas tomber, hurler sans tomber. C'est difficile parfois.

– Tu veux t'allonger ? Tu es fatiguée ?
– Non. Je vais partir mes fils vont se réveiller.
– Ils viennent te voir maintenant ? Avant de partir au collège ?
– Oui. Les choses ont changé. Maintenant je suis toujours debout avant eux et je leur prépare le petit déjeuner, c'est un temps privilégié et très important.

Oh ! Bonheur du mensonge ! Enfin ! Le discours faux, standard, une double peau est possible alors, on n'est pas obligé de finir en lambeaux, on peut aussi mettre la main devant ses yeux, un doigt sur sa bouche et réciter une fable. Il demande :

– Et qu'est-ce qui s'est passé, en fait ?

– Quand ?

(Quand tu m'as anéantie humiliée esseulée oubliée massacrée sidérée ? Tu veux savoir ? Quand tu as raccroché après avoir dit « Merci » ? Quand tu es rentré chez toi quand tu as annoncé que finalement tu restais finalement c'était passé ce petit écart ce petit encart c'était juste une chose dont on ne parlerait jamais ?)

– Quand vous avez « baissé le rideau » comme vous dites, bon… maintenant il n'y a plus de rideau au théâtre, c'est dommage je trouve enfin… moi j'y connais rien.

– Mais… Ils vous ont remboursé les billets, ils vous ont expliqué, non ? Pourquoi on avait arrêté la représentation ?

– Ah non. De toute façon, moi je ne suis pas allé au guichet. Je suis parti. J'ai attendu que tu m'appelles.

– Tu as attendu ?

– Toute la nuit. Ça te fait rire ?

– Non. C'est juste que je trouve qu'une nuit. C'est pas beaucoup.

Je me lève et je vais à la fenêtre. Celle par laquelle on regardait la nuit, la lune au-dessus des toits de

Paris, c'était beau comme un film de Carné, et toi qui fumes après l'amour et moi qui t'enlace, mon corps nu contre ton dos nu. Ça s'assemblait bien.

– Comment tu as fait ? Je me suis posé souvent cette question. Comment il fait, Paul ? Ça lui manque pas que je lui caresse le dos ? Tu te souviens comme je te caressais le dos ? Des heures et des heures parfois. Des nuits entières ?

– J'y pensais tout le temps.

– Ça ne va pas se passer comme ça.

– Quoi ?

– On ne va pas se dire des… des gentillesses et des saloperies de politesses, on ne va pas se dire « Merci », je te préviens !

– Qu'est-ce que tu veux que je te dise ? Que je t'ai oubliée ? C'est faux. Que je peux retourner dans nos lieux, nos bistros, près du canal, c'est faux. Que je n'ai pas suivi tout ce que tu as fait, passé ma vie sur le web pour guetter une photo, une interview, et le site du théâtre je le connais par cœur. Depuis six mois je me retiens de t'appeler. Je regarde tes photos, j'écoute tes messages, je relis tes sms, tes lettres, tes mails, je passe mon temps à me souvenir, ton rire, tes yeux, ton corps, ta façon de te coiffer, les cheveux renversés devant le visage, ta façon de mettre tes bas, de…

– Moi j'ai tout jeté.

– Ça ne m'étonne pas.

Il ne devrait pas dire ça avec ce sourire-là, cet attendrissement qui signifie Oh toi je te connais si bien oh ça ne m'étonne pas c'est comme ça que je t'aime pardon que je t'aimais.

– Toi, tu pouvais tout relire, tout réécouter pourtant, dans nos cafés, nos restaurants, notre canal…

– Non, ça je t'ai dit que je ne pouvais pas.

– Et ici, tu peux ? Dans ce lit, tu peux dormir ?

– Je ne dormais bien qu'avec toi tu le sais.

– Tu n'as pas dormi depuis six mois ?

– Non.

– Tais-toi, ça vaut mieux.

– C'est la vérité.

– La vérité c'est que tu as l'air d'aller bien. Pour quelqu'un qui n'a pas dormi depuis six mois. Hein ? Tu vas bien ?

– Oui.

– C'est ça la vérité. Tu vas bien.

Pourquoi les femmes pleurent-elles ? Est-ce que ça aussi, cette peine infinie, cette déception éternelle, ça s'explique scientifiquement ? Comment on appelle un amour qui ne peut ni finir ni recommencer ni se mentir ni se salir ?

– Ne pleure pas.
– J'ai passé la nuit dehors je suis fatiguée.
– Toi aussi, pourtant.
– Moi aussi, quoi ?
– Tu vas bien. Tu joues Pirandello. Dans un grand théâtre. J'ai lu la critique du *Monde*. Tu dois être heureuse.

Je voudrais qu'il continue. Qu'il dise tellement de conneries que je me réveillerais soudain de cet amour, et il serait comme le prince charmant, le blondinet avec le chapeau à plume : à côté de la plaque. Heureuse ? Parce qu'il y a eu un article dans *Le Monde* ? Je ris et je pleure ça, ça s'appelle de « l'hystérie », c'est répertorié aussi, je ne fais que décliner une large palette de sentiments que d'autres ont exprimés avant moi, cette souffrance commune. Commune, oui. Vulgaire. Ordinaire. Cette souffrance, le bien le plus partagé, universel, intemporel, les chevaux à l'abattoir, les chiens abandonnés, tout le monde pleure. Les éléphants orphelins, les chauffeurs de taxi, les personnages perdus, les dictateurs, les stars de cinéma. Tout le monde craque à un moment ou un autre de tout ce qu'il retient de sentiments sans partage, d'amour sans retour, de manques inconsolables. Mais le pire est de pleurer sans savoir pourquoi. Sans tourment et sans recours. Le pire est de pleurer malgré soi. Comme une défaite anonyme.

– Tu lis *Le Monde* maintenant ?
– Je lis tout ce qui parle de toi.
– Ça m'a toujours énervée ça, ce côté… groupie.
– Énervée. Et flattée.
– Aujourd'hui ça m'énerve ! Ça m'énerve mais à un point ! Ça ! Tu ne peux pas l'imaginer !

Il sourit et ouvre les bras, très grand, très large, pour que je vienne, et je vois ce qui se passe, je le vois clairement à travers mes larmes et ma fatigue, cette nervosité épuisée, je vois ce qu'il m'offre : le pardon et la complicité, l'abandon. Il m'a retrouvée, là, dans ces cris agacés, dans cette mauvaise foi, il m'a vue telle que je suis parfois, telle que j'étais dans nos disputes heureuses, nos chamailleries douces. Et il voudrait jouer encore, être dans le ton complice et familier. Quand les reproches sont des mots d'amour, quand je suis une emmerdeuse, une fille, une chieuse, et que lui s'en amuse et s'en ravit et aime en moi jusqu'au plus profond de mes travers, cette jeunesse qui me rattrape, car l'amour est le dévoilement de nos enfances resurgies et offertes. L'amour est nos enfances mises en commun.

Je le regarde m'attendre. Et j'aimerais tellement le détester. J'aimerais tellement pouvoir l'aimer. J'aimerais tellement faire l'amour avec lui. J'aimerais tellement pouvoir m'en passer. Mais maintenant je sais ça au moins : jamais je ne l'oublierai. Jamais plus je ne tairai son nom et tout ce qu'il charrie de magnifique, d'égoïste et d'unique. Tout ce qui me correspond, m'attire et me comble. Tout ce qui me détruit. Jamais plus. T'oublier.

Toi.

– Il faut qu'une histoire se termine, tu sais, Paul. Ça commence et ça se termine, aussi.

Il ouvre les bras encore plus grand si c'est possible.

– Mais ça ne peut pas se terminer comme ça. Dans tes bras.

– Pourquoi ?

– Parce que ça n'est pas juste. Que tes bras contiennent tant de vies, deux femmes, quatre enfants, deux villes, trois maisons, et tout le reste. Parce que ça n'est pas juste que je t'attende tout le temps et que tout le temps je sois cet animal qui se lève au premier coup de sifflet pour courir vers son maître. Parce que ça n'est pas juste d'être un objet de désir sans jamais réclamer sa part. Parce que ça n'est pas juste d'être celle dont les bras sont vides. Ça n'est pas normal tous ces privilèges que tu as, toi. Un nanti de l'amour, voilà ce que tu es, et moi j'ai passé la nuit sur un banc gare de l'Est et tu veux savoir pourquoi ? Tu veux savoir pourquoi ? Oui ? Trop tard. Ce sera mon premier secret. Il faut bien que j'aie quelque chose, moi aussi.

– Toi, tu as la force. Moi je me suis effondré tu l'as vu tu l'as dit, tu m'as dit de retourner avec les miens parce que j'étais effondré et perdu incapable de rien, incapable de personne n'aimer personne ne plus travailler ne plus dormir ne plus parler à personne, et pas seulement les clients ou les amis même mes enfants, mes enfants je les voyais parler et je ne les comprenais plus.

Ses bras retombent. On dirait deux petites ailes.

Et il n'y a plus rien à dire. Les mots sortent de nous et n'arrivent nulle part, ils rebondissent dans ce studio qui s'ennuie de nous, les mots se posent sur les oreillers les livres le grand miroir les factures sur les étagères les verres dans l'évier et les boîtes de thé.

– Peut-être…

– Oui… ?

– Peut-être qu'on aura une autre vie. Hein ? Et ce

sera possible nous deux parce que quand même… Oh quand même…

– Quoi ?

– Quel gâchis.

Un homme qui pleure je ne crois pas que les scientifiques s'y intéressent. Les scientifiques s'intéressent aux généralités, pas aux exceptions. Un homme qu'on aime et qui pleure ça ressemble à une grande pudeur qui lâche, un éboulement silencieux, presque rien, des larmes si fines qu'elles n'arrivent pas à tomber et elles restent prises dans le regard et mon Dieu quel désastre. Qu'est-ce qu'on peut faire de cet amour ? À part le cacher au fond d'un trou, l'enfouir comme un danger radioactif, le recouvrir mais de quoi ? Quelle est la couleur de ce deuil ?

Un homme et une femme qui pleurent sans se secourir, qui se font face sans tomber, ce sont deux étoiles pour les poètes. Et rien. Absolument rien pour les scientifiques.

– Je suis très heureuse. Si, c'est vrai. Je t'avais oublié, Paul. Ça m'a tuée. Et maintenant. Je suis tellement heureuse. Tu me plais. Comme la première fois quand je t'ai serré la main. Et je ne me suis jamais trompée. J'ai eu raison toujours. Je t'ai aimé et j'ai eu raison de t'aimer. Maintenant je vais le dire. J'ai aimé un homme qui s'appelle Paul. Je vais le dire à tout le monde.

C'est un drôle de dernier acte. Sans cri de jouissance ni de haine. Sans vérité aucune. Sans conclusion. Qu'est-ce qu'on va faire de tout ce qu'on n'a pas vécu ?

C'est une dernière scène qui dit que ça ne finira jamais. Il y a en nous quelque chose qui s'est ajouté à ce que nous sommes. Il y a une vie en plus de la nôtre. Il y a l'influence, la marque et le manque de l'autre. Il y a ce que nous lui avons donné sans le savoir, ce qu'il portera de nous au fil des jours, et nous ne serons plus jamais, lui et moi, tout à fait les mêmes. Ce sera le dernier lien.

Je laisse derrière moi le lit blanc nos corps nus à la fenêtre et la lune par-dessus. Je laisse le nouveau canapé et tout ce qui se passera ici demain sans moi. Je laisse l'amour et l'impossibilité de l'amour les vies mal faites le manque de courage les contretemps les chaînes invisibles et les élans perdus.

Je pars à reculons, doucement, pour ne pas le perdre.

De vue.

Je vais ouvrir la porte et je vais, pour la dernière fois. Descendre ces escaliers. Et il ne me regardera pas partir comme il le faisait toujours. Et toujours je faisais celle qui ne le savait pas et jamais je ne me retournais pour lui faire un petit signe de la main et j'avais peur de trébucher oh comme la situation aurait été ridicule alors.

Je le regarde une dernière fois, les yeux noirs dans la surbrillance des larmes retenues. Il y a tout ce que nous savons l'un de l'autre. Tout ce que l'on s'est donné, dans l'audace amoureuse et la confiance absolue. Il y a ce que je laisse de moi dans ce lieu où j'ai aimé espéré joui pleuré et ri, dans ce lieu où j'ai vécu les heures inversées des amants et l'union insensée l'union miraculeuse de deux étrangers.

Je regarde Paul pour la dernière fois et ce sont des secondes éternelles. Celles de la miséricorde. Je pourrais dire « Merci ». Moi aussi. Maintenant je le pourrais. Maintenant je le comprends. Je pourrais le dire très bas, juste pour lui et moi, mais notre silence est comme un salut. On s'applaudit. Dans ce silence-là. On se reconnaît et on se garde.

– Ne pars pas. S'il te plaît ne pars pas maintenant.
– Mes enfants m'attendent.

– Ils dorment. Je te le jure les enfants dorment à 6 heures du matin.

Le jour n'est pas tout à fait levé. C'est cela le plus terrible. Cette nuit qui s'accroche encore un peu à nous. Cet étirement qui dit que nous avons droit peut-être. À notre vie secrète. Parce que sans ça. Vraiment. La mort va nous attraper. Et ce ne sera pas juste de ne pas avoir osé vivre. Je regarde le ciel par la fenêtre, derrière l'homme aimé, et je la vois. Elle me dit que la poésie est à prendre ou à laisser. Comme la chance. La lune pâle qui ne veut pas disparaître. Celle que l'on regardait après l'amour. Elle nous trouvait beaux, sûrement, sûrement elle nous prenait pour d'autres, tous les couples éveillés, tous ceux que l'amour émerveille et terrifie, parce que l'amour bousille les vies bien en place. J'ai peur. J'ai le droit d'avoir peur. Pourquoi s'unir à des êtres qui vont nous aimer puis nous laisser en charpie ? Pourquoi donner à l'autre ce que l'on a mis tant de soin à préserver ? Combien de nuits à pleurer et maudire d'avoir osé encore ? Cet homme. Il est là, aujourd'hui. Il sera là demain, peut-être. Mais jamais. Jamais je ne le posséderai. C'est un homme à éclipses. Un homme retenu. Un homme partagé. J'ai cru guérir de lui, comme d'une brûlure. J'ai cru stopper l'envahissement sous la peau. Et me voilà. Interdite et muette. Terrassée et furieuse. Et je ne sais pas contre qui.

– Je veux te voir.
– Je suis laide. Je suis fatiguée.
– Tu es belle. Je le sais.

C'est vrai. Les amants sont beaux. La joie et l'impudeur leur rendent la lumière. Et après, bien après l'amour, cette liberté du corps, et dans le sourire, cette audace qui ne veut pas s'éteindre. Je regarde Paul et je vois le danger qu'il me propose. Face à cette vie qui bat, sans filtre et sans voile. Sans faux-fuyants. Face à cette évidence, que faire ?

– Mais, Paul… qu'est-ce qu'on va devenir ?

Il rit. Et je ris aussi. Cette question, je la lui posais si souvent après nos étreintes, nos retrouvailles, nos champagnes, nos fous rires, ces instants où la beauté de l'amour était une menace terrible.

– Je ne sais pas ce qu'on va devenir si on recommence, Nelly. Mais je sais ce qu'on va devenir si on se quitte.

– Ah oui ? Et qu'est-ce qu'on va devenir ?
– Deux cons.

Je ris, encore. Un rire énervé, tendu, épuisé. Un rire heureux. Parce que c'est vrai. C'est cela que deviennent les amants désunis, les orgueilleux cuirassés, les apeurés, les protégés, c'est exactement cela qu'ils sont, deux cons, et ils portent cette malédiction comme un signe du destin, ils sont marqués au sceau de la fuite. Bannis et chassés. Coupables de renoncement. Je ris et c'est une fatigue immense que cet accord-là. Ce serment muet.

Je trébuche un peu en avançant vers Paul, je tombe presque dans ses bras et on tremble en se serrant si fort. Comme deux naufragés. Je tremble et je sens sa peau respirer contre la mienne et c'est un appel vital.

Je serre Paul si fort contre moi, et ce sont nos vraies retrouvailles. Celles qui disent que l'on va se garder, la vie n'en a pas fini avec nous. Et derrière lui, derrière son épaule d'homme, la lune n'est plus qu'un trait fin presque disparu, un trait comme une illusion, un souvenir de lune.

Le jour s'est levé.

– J'ai failli mourir sur scène. Je t'ai vu dans la salle et je n'ai plus pu jouer alors j'ai marché dans Paris et puis j'ai passé la nuit dans une gare à raconter ma vie à quelqu'un qui ne l'a peut-être pas écoutée. J'ai parlé à la première personne immobile. Ne me regarde pas comme ça. Je suis là. C'est fini maintenant.

– Embrasse-moi.

Je suis la femme unique la plus aimée la plus désirante. Je suis moi. De tout mon être, je suis moi. Celle que j'ai toujours voulu être. Exactement. Avec l'homme, exactement cet homme-là. Ses lèvres sa langue ses bras son ventre son sexe tout ce qui vient de lui, son odeur sa peau sa respiration son souffle sa sueur. Tout ce qu'il désire je le désire. Élan semblable et force de la possession, miracle de l'accord miracle du désordre. J'ai vaincu la mort pour cet instant-là. Précisément. Être dans ces minutes-là. Ce regard-là. Cet homme-là.

Le temps s'incline et nous quitte.

Et la vie est là.

Mon Dieu…

Comme c'est simple.

Merci à Karine Tuil,
À Audrey Dana,
À Claire Delannoy.
Merci à Laurent Bonnet.

DU MÊME AUTEUR

Romans

BORD DE MER, Actes Sud, prix Alain-Fournier, 2001.

NUMÉRO SIX, Actes Sud, 2002.

UN SI BEL AVENIR, Actes Sud, 2004.

LA PLUIE NE CHANGE RIEN AU DÉSIR, Grasset, 2005.

SA PASSION, Grasset, 2007.

LA PROMENADE DES RUSSES, Grasset, 2008.

LE PREMIER AMOUR, Grasset, 2010.

CET ÉTÉ-LÀ, Grasset, prix des Maisons de la Presse, 2011.

NOUS ÉTIONS FAITS POUR ÊTRE HEUREUX, Albin Michel, 2012.

LA NUIT EN VÉRITÉ, Albin Michel, 2013.

Nouvelles

PRIVÉE, Éditions de l'Arche, 1998.

LA PETITE FILLE AUX ALLUMETTES, Stock, 2004.

Théâtre

LE PASSAGE, Éditions de l'Arche, prix de la fondation de La Poste, 1996.

CHAOS DEBOUT, LES NUITS SANS LUNE, Éditions de l'Arche, 1997.

POINT À LA LIGNE, prix CIC Théâtre, LA JOUISSANCE DU SCORPION, Éditions de l'Arche, 1997.

LE JARDIN DES APPARENCES, Actes Sud-Papier, 2000.

MATHILDE, Actes Sud-Papier, 2001 et 2003.

JE NOUS AIME BEAUCOUP, Grasset, 2006.

UNE SÉPARATION, Triartis, 2009, Albin Michel, prix Durance-Beaumarchais, 2013.

DES BAISERS, PARDON, ouvrage collectif : « LA VIE : MODES D'EMPLOI », L'Avant-Scène, Théâtre, 2013.

Composition : IGS-CP
Impression : CPI Bussière en décembre 2014
Éditions Albin Michel
22, rue Huyghens, 75014 Paris
www.albin-michel.fr
ISBN : 978-2-226-31247-1
N° d'édition : 20213/01 – N° d'impression : 2012900
Dépôt légal : janvier 2015
Imprimé en France

Véronique Olmi

J'aimais mieux quand c'était toi

L'homme qui ne s'est pas retourné est celui qui m'a fait perdre non pas la tête, non pas la raison ni le sens commun, mais la ligne même de ma vie.

9 782226 312471

17 1117 1
ISBN 978-2-226-31247-1
15€ TTC